DU PRINTEMPS A L'HIVER

DU PRINTEMPS

A

L'HIVER

POÉSIES

PAR

J.-F. RATEL

PUBLIÉES PAR LES SOINS
DE LA SECTION DE LA SOCIÉTÉ LIBRE DE L'EURE
POUR L'ARRONDISSEMENT DE BERNAY

BERNAY

Imprimerie Ve Alfred LEFÊVRE

40, RUE DES FONTAINES, 40

—

1880

DU PRINTEMPS

A

L'HIVER

POÉSIES

PAR

J.-F. RATEL

PUBLIÉES PAR LES SOINS
DE LA SECTION DE LA SOCIÉTÉ LIBRE DE L'EURE
POUR L'ARRONDISSEMENT DE BERNAY

———————— ✤ ————————

BERNAY
IMPRIMERIE Vᵉ ALFRED LEFÈVRE
RUE DES FONTAINES, 40
——
1880

NOTICE BIOGRAPHIQUE

SUR

J.-F. RATEL

JEAN-FRANÇOIS RATEL naquit à Vire, le 22 février 1811. Son père, qui était avoué près le Tribunal de cette ville, vint plus tard se fixer à Bernay, où le jeune Ratel perdit bientôt sa mère et où il grandit en suivant avec succès les cours du collége. En octobre 1836, il fut nommé régent de septième dans cet établissement; il y professa successivement toutes les classes, et en 1843 il fut appelé à la chaire de rhétorique qu'il conserva jusqu'en 1856, époque où la maladie le cloua dans son fauteuil à 45 ans.

Plusieurs fois il répondit par un refus à un avancement mérité, pour ne pas quitter son cher Bernay, sa patrie d'adoption. Il savait se contenter de peu, et il était tellement désintéressé qu'il fixait toujours le prix de ses honoraires particuliers à un chiffre inférieur à celui qu'on était disposé à lui offrir. Les soins délicats de l'amitié lui avaient fait un intérieur agréable; et les souffrances de sa longue maladie furent adoucies par le dévouement le plus touchant.

Nature d'artiste, Ratel cultivait la musique avec quelque succès; il dessinait avec goût et avec une grande exactitude; sa conversation était des plus attachantes; aussi était-il très-recherché de ses amis. Mais des chagrins de famille l'éloignèrent peu à peu du monde, et contribuèrent, avec son tempérament nerveux et impressionnable, à lui conserver une timidité excessive, bien qu'il eût conscience de sa valeur,

Avec une santé chancelante et avec les labeurs incessants du professorat, Ratel n'a pu laisser une œuvre très-importante. Toutefois, outre les poésies que nous publions, qu'il avait réunies lui-même en recueil, et qui probablement ne sont pas toutes celles qu'il a composées, on a de lui plusieurs dessins de différentes parties de la ville et des environs ; ils pourraient servir à l'histoire du vieux Bernay. Il a donné quelques articles au *Magasin pittoresque*, notamment dans l'année 1850, le *Trésor de Berthouville*, l'*Enfer de Virgile*, l'*Enfer du Dante* et les *Restes de l'Abbaye du Bec-Hellouin*, chaque article avec un dessin de l'auteur. Ratel était un érudit qui voyait beaucoup plus loin que sa tâche de chaque jour, qui savait charmer sa vie par l'étude et éclairer son enseignement de ses recherches personnelles. Dans l'année 1855, il envoya au même recueil un dessin, les *Deux Mansardes*, avec une note explicative : il y montre la sensibilité de son âme, ses sentiments de charité et sa foi dans la justice divine. Pour ses élèves, il est resté un esprit distingué, un maître consciencieux et très-respecté, parce que sa parole facile et entraînante, expression de son âme élevée et généreuse, leur inspirait sans cesse l'amour du bien, le respect de la famille et le sentiment du devoir.

Il mourut le 30 juin 1857. Ses amis et ses élèves lui ont élevé un tombeau par souscription.

15 Mai 1880.

PRÉFACE DE L'AUTEUR

La poésie est une fille du ciel descendue
sur la terre; Dieu l'a envoyée pour consoler
l'homme dans son exil; mais loin d'énerver
ses forces vives par d'éternelles lamentations,
elle doit le soutenir en rappelant ses regards
vers la céleste patrie, vers le bon, le juste et le
beau, et lui alléger son fardeau en lui faisant
voir la nécessité du travail comme une des
conditions de son existence et de son véritable
bonheur.

Le poète a donc une autre mission que de
chanter pour chanter : sa parole doit pénétrer
dans les cœurs pour enseigner à bénir, à aimer
et à vivre dans un contact plus direct avec Dieu

et avec la nature. C'est le but que je me suis proposé dans ces quelques chants ; chacun d'eux y est couronné par une pensée religieuse ou morale : je n'ai eu qu'un but, celui de glorifier ce qui est grand, ce qui est honnête ; heureux si je puis donner à ceux qui voudront les lire autant de douces consolations que j'en ai trouvé en les composant dans mes promenades solitaires au milieu de la nature que j'aime tant ! Ce sera pour moi la plus chère récompense.

Plusieurs morceaux, intitulés *Conseils de l'aïeul*, sont disséminés dans ce recueil écrit avec le cœur et où j'ai moins cherché à rendre toutes mes pensées qu'à faire naître celles du lecteur. Ces morceaux ne sont pourtant pas sans liaison : On peut y deviner et refaire avec un peu d'imagination l'histoire de tant de jeunes hommes, que souvent un fol espoir, un peu d'envie et trop de confiance dans un mérite qui s'ignore, ont entraînés vers Paris, comme de pauvres insectes qui vont brûler leurs ailes diaphanes et colorées à la flamme de la lampe qui les attire, sans savoir qu'ils n'y trouveraient peut-être qu'une longue suite de déceptions, de misères, et quelquefois la honte ou le crime,

Un sage conseil eût pu les retenir au sein du
foyer domestique, où leur place était marquée
et où se trouvaient le bonheur et la vertu.

J'ai encore une explication à donner : On
se demandera sans doute comment parmi ces
chants sur ce qu'il y a de saint ici-bas, il ne se
trouve pas un seul accord pour célébrer l'amitié. Ah ! pourtant nul plus que moi n'a ren-
contré sur sa voie plus d'amitié dévouée ! Mais
toutes les fois que j'ai voulu chanter ce précieux
sentiment, j'ai trouvé les pensées trop froides
et les expressions trop décolorées ; et, devant
une tâche si difficile, mes forces ont failli ; j'ai
commencé cent fois et je n'ai pu que dire :

Il est un sentiment, heureux présent du ciel,
Plus doux que de l'amour n'est la coupe de miel ;
Plus doux que ne serait à l'aveugle paupière
Un éclatant rayon de céleste lumière ;
Plus doux qu'au voyageur, au milieu du désert,
N'est la source cachée au pied du palmier vert ;
Plus doux qu'au prisonnier, qui gémit sous la grille,
N'est la liberté sainte auprès de la famille ;

. . . .

Sans doute qu'il est des choses qu'on sent
si vivement qu'on ne peut les exprimer ?

RETOUR A LA POÉSIE

Je vais reprendre, au bord de la prairie,
Aux saules inclinés sur le miroir des eaux,
Le luth que j'y pendis quand les vents en furie
    Effeuillaient leurs rameaux.

Tout était morne, et mon âme attristée
Au milieu de ce deuil était aussi sans voix ;
Et je pleurais la fleur par l'hiver emportée,
    Les longs jours et les bois.

Mais tout renaît, j'entends un doux murmure
Dans les prés, sur les monts, sur les eaux, dans les airs ;
Je vois avec amour s'éveiller la nature :
    Salut, nouveaux concerts !

Je vais chanter : l'alcyon sur les ondes
Pour bercer ses amours refait un nid bien doux ;
Les vents ne creusent plus des vagues si profondes
    Dans les mers en courroux.

Je vais chanter : des fleurs roses et blanches
De notre Normandie émaillent les pommiers ;
La pâle violette et l'azur des pervenches
    Ont bordé les sentiers.

Je vais chanter : je revois la couronne
De brillante émeraude au front de nos forêts,
Et les champs reverdis, promesses pour l'automne
    De fertiles guérets.

Je vais chanter : les agneaux dans la plaine
Bondissent en bêlant sur les pas des pasteurs,
Et laissent en passant de blancs flocons de laine
    Sur les buissons en fleurs.

Je vais chanter : déjà passe et repasse
L'hirondelle rapide ; et ses bonds inégaux
De nos lacs argentés effleurent la surface,
    Et font jaillir les eaux.

Je vais chanter : la légère alouette,
Saluant le printemps de son chant si joyeux,
Monte, monte toujours, et répète, répète
    Son refrain dans les cieux.

Je vais chanter : comme un puissant génie,
Le printemps de retour sur l'aile du Zéphir,
Aux cordes de mon luth a rendu l'harmonie :
    Je les entends frémir.

Chantons d'abord la bonté souveraine :
Sans se lasser jamais Dieu prodigue ses dons ;
Sa main s'ouvre pour nous et tour à tour ramène
    Les fleurs et les moissons.

Du Tout-puissant la parole féconde,
Semant partout la vie, a changé le néant
En terre, en océans, en vaste ciel, en monde,
    Où luit l'astre géant.

Et quand la nuit étend ses sombres voiles,
Son invisible doigt — quel spectacle plus beau ! —
A nos yeux étonnés, de mille et mille étoiles
Allume le flambeau.

Son souffle fond les entraves de glace,
Qui retenaient captifs les ruisseaux des vallons ;
Que son front fasse un signe, un vert tapis remplace
La neige sur les monts.

Ainsi, mon Dieu, dans ce vallon de larmes
Après avoir passé les hivers de mes ans,
Puissé-je dans ton sein retrouver sans alarmes
Un éternel printemps !

LE PAPILLON

Beau papillon,
Tissé de gaze,
De vermillon
Et de topaze,
Et de lapis
Et de rubis,
D'or et d'ébène
Tout radieux;
Qui dans la plaine,
Capricieux,

Et te balances,
Et puis t'élances
De fleur en fleur ;
Tu nous ramènes
Et les haleines
Et la senteur
De l'églantine,
De l'aubépine.
Je te revois :
Salut, trois fois !
Car ta présence,
C'est l'espérance,
C'est le beau temps
Qui recommence ;
C'est le printemps !

UNE FLEUR AVANT LES BEAUX JOURS

La plaine était encore et triste et dépouillée ;
Les oiseaux se taisaient dans les bois sans feuillée,
Et la bise enchaînait la surface des eaux ;
L'hirondelle chérie était encore absente
De notre froid climat, et l'abeille prudente
N'avait point butiné sur le flanc des coteaux.

Et pourtant une fleur, d'éclore trop hâtée,
Avec pompe étalait sa corolle argentée,
Qu'avait épanouie un rayon de soleil,
Hélas ! avant le temps où toute la nature
Se revêt d'or, d'azur, de pourpre, de verdure,
Et présente à nos yeux son splendide appareil.

Je repassai le soir..... La fleur était flétrie
Sous le linceul glacé qui couvrait la prairie !
D'un suave parfum seulement la senteur
Qui s'exhalait au loin, quand je cherchai sa trace
D'un regard attendri, me révéla la place
Où gisait pour toujours la tendre et pauvre fleur.

Les hommes méconnus qui devancent leur âge,
M'apparaissent ainsi : leur vie est un passage ;
Ils sont pour leur malheur marqués du doigt de Dieu,
Et nul ne reconnaît cette marque divine ;
Ils maudissent alors leur céleste origine,
Et vivent isolés en tout temps, en tout lieu.

Ah ! c'est un lourd fardeau que celui du génie ;
Car vos pas en avant sont traités de folie,
Quand vous avez sondé les mystères des arts,
Du mieux, de la science, et qu'après mille veilles
Vous venez proclamer les utiles merveilles
Que vous ont fait saisir vos sublimes regards.

Que vous sert d'entrevoir les clartés immortelles
Et d'entrer les premiers dans ces routes nouvelles
Qu'ouvrit votre génie ? ô pauvres précurseurs !
Vous semez les bienfaits ; vous récoltez la haine ;
Chacun vous dit raca pour prix de votre peine ;
D'autres recueilleront le fruit de vos sueurs.

Pourtant il vient un jour où se fait la justice :
Dieu juste ne veut pas que pour jamais périsse
Ce qu'il a fait de bon, ce qu'il a fait de beau,
Et l'on vous cherche alors pour couronner vos têtes :
Hélas ! Il est trop tard ! Ces chants, ces vœux, ces fêtes
Ne retentissent plus qu'autour d'un vain tombeau !

SUR LE BORD DE LA MER

Te nommais-tu le Rhin ?... le Nil ?... le Tage ?
      Eau, qui mouilles mes piés ;
Un cours illustre était-il ton partage ?
      Quels lieux as-tu baignés ;

Te nommais-tu la Tamise ou le Gange ?
      Coulais-tu dans les champs ?
Ou des cités balayais-tu la fange,
      De tes flots écumants ?

Réflétais-tu dans ton miroir limpide
Les bois et les hameaux?
Te brisais-tu dans ta course rapide
En tombant des coteaux?

D'une fontaine étais-tu les eaux vives,
Au bruit harmonieux?
Ou dans tes bonds déchirais-tu tes rives,
Torrent impétueux?

Te courbais-tu devant les nefs superbes,
Fière de ce fardeau?
Ne portais-tu que de légers brins d'herbes,
Obscur petit ruisseau?

Nul ne le sait : du fleuve on perd la trace
Au sein des océans.....
De nous ainsi le souvenir s'efface
Dans l'océan des tems.

LE PAUVRE ET LE RICHE DEVANT DIEU

Un pauvre, un riche, égaux par un destin semblable,
Un jour étaient tombés dans chacun des bassins
    De la balance redoutable
Où le juge éternel pèse tous les humains.

LE RICHE.	LE PAUVRE.
O mes riches portiques,	Quand grondait la tempête,
O mes riches tapis,	Souvent transi de froid,
O mes vases antiques,	Pour abriter ma tête
O mes pompeux lambris !	Je n'avais pas de toit.

Et le bassin du pauvre, en un essor sublime
    S'élevait, s'élevait.....
Et le bassin du riche, à son tour vers l'abîme
    Descendait, descendait.....

O champs, bois, pâturages,   Le front dans la poussière
Qui comblaient mes désirs,   Et baigné de sueur,
O tranquilles ombrages,   Je cultivais la terre
Où coulaient mes loisirs !   Du riche possesseur.

Et le bassin du pauvre, en un essor sublime
    S'élevait, s'élevait.....
Et le bassin du riche, à son tour vers l'abîme
    Descendait, descendait.....

O mes belles parures,   L'hiver, lorsque l'haleine
O bijoux précieux,   Des vents en tourbillons
O mes chaudes fourrures,   Soufflait, j'avais à peine
O tissus moelleux !   Quelques pauvres haillons.

Et le bassin du pauvre, en un essor sublime
    S'élevait, s'élevait.....
Et le bassin du riche, à son tour vers l'abîme
    Descendait, descendait.....

O luxe de ma table,   L'eau remplissait mon verre ;
O mets délicieux,   Et lorsque j'avais faim,
O coupe délectable,   L'inflexible misère
O mes vins généreux !   Me mesurait le pain.

Le pauvre disparut dans son essor sublime !
Et le riche à son tour disparut dans l'abîme !

UNE VOIX DU CIEL

Mère, pourquoi pleurer ? Si j'ignorai la vie,
J'ignorai le malheur ; qu'importe ce séjour,
Où les plus belles fleurs, au bord de la prairie,
    Naissent et meurent dans un jour ?

Pourquoi pleurer ? Je vois l'éternelle lumière ;
J'ai des ailes de feu, mon front est radieux ;
Ma robe de ses plis effleure la poussière
    Que tu vois briller dans les cieux.

Ma tête resplendit d'une vive auréole ;
Dans les concerts du ciel ma voix s'élève en chœur ;
J'entends du Tout-Puissant la divine parole ;
  Les Heureux me disent : « Ma sœur. »

O ma mère, les pleurs qui brûlent ta paupière,
Les soupirs douloureux qui grossissent ton cœur,
Les sanglots de ta voix, l'encens de ta prière,
  C'est moi qui les porte au Seigneur !

Et je me mêle à l'air que ta bouche respire,
Je bois avec amour les larmes de tes yeux,
Sur tes lèvres parfois je ramène un sourire,
  Le soir, en te montrant les cieux.

Et puis, écoute bien : sur votre froide terre,
Où roulent tant de maux, le Dieu juste permet
A l'enfant de venir pour consoler sa mère
  Et pour veiller à son chevet.

AMBITION

Cherchez les grands dans le sein de la terre
  Et les hommes sans nom,
Et comparez si leur froide poussière
  Est différente ou non.

Chacun pourtant et se pousse et se presse,
  Chacun veut des honneurs,
Chacun se rue et court à la richesse,
  Chacun court aux grandeurs.

Les yeux fixés au but qui les invite,
Les hommes ne voient pas,
Dans cette ardeur qui les pousse si vite,
Où se posent leurs pas.

Que leur importe — Aveuglement étrange !
Il leur faut un haut rang —
Si leur pied glisse au milieu de la fange
Ou glisse dans le sang !

Infortunés, de l'encens de la foule,
Qu'il vous faut à tout prix,
Que reste-t-il ?..... Déjà le temps s'écoule :
Quoi ! vous êtes surpris ?.....

Tout est mortel, et malgré votre envie,
Malheur à vous ! Malheur !
Vous tomberez au terme de la vie
Dans la main du Seigneur.

RETOUR DE L'HIRONDELLE

Hirondelle légère
De la rive étrangère,
Sur l'aile du zéphir,
Chaque an, pourquoi venir?

Dis-moi, pauvre petite,
Pourquoi chercher un gîte
Au coin noir de mon toit,
Dans mon pays si froid?

Pourquoi, pour ma patrie,
Laisser de l'Italie
Les villa se mirant
Dans des ondes d'argent ?

Et près du Sycomore
L'antique palais maure
Et le blanc minaret
Que l'Afrique t'offrait ?

De la plage lointaine,
Dis-moi, quoi te ramène
Dans les lieux où je suis ?
— « Le nid où je naquis. »

LA MISSION DU POÈTE

Le poëte est un prêtre, un apôtre, un prophète,
Sur ses lèvres de feu l'abeille de l'Hymette
      A déposé son miel,
Et sa voix, que grossit le souffle du génie,
Au loin se répandant en des flots d'harmonie,
      Unit la terre au ciel.

Sa voix, avec la voix des célestes phalanges,
Répète à l'Éternel son tribut de louanges :
      « Gloire, gloire à jamais ! »

Sa voix dit aux mortels répandus sur la terre,
Prêts à verser leur sang sur les champs de la guerre :
« Frères, vivez en paix. »

Des hommes abattus il relève les âmes,
Et les portant aux cieux sur les ailes de flammes
Qui soulèvent ses vers,
Il leur montre l'espoir, frère de la prière,
Assis sur les degrés du trône de lumière
Du Dieu de l'univers.

Son burin inspiré grave les lois fécondes
De toutes les vertus, en lettres plus profondes,
Dans le cœur des humains :
Les nobles dévoûments, la haine du parjure,
L'amour de son pays et l'oubli de l'injure.
Il sème à pleines mains.

Ta mission est belle à mes yeux, ô poète,
Quand des grands sentiments véridique interprète,
Tu répands dans les cœurs
L'amour sacré du beau, de l'honnête et du juste,
Car de ta lyre alors le pouvoir est auguste,
Tes accents sont vainqueurs.

Quand le siècle ravit son espoir à la tombe,
Et dit que tout s'éteint à l'homme qui succombe,
    Cherche à le soutenir,
Détourne ses regards vers la beauté suprême,
Arrête sur sa bouche un horrible blasphème,
    Qu'il apprenne à bénir !

Mais si jamais, poète, un funeste délire
Devait, un jour d'oubli, faire vibrer ta lyre
    Et t'inspirer des chants.....,
Que plutôt pour toujours ses cordes soient brisées !
Crains de glorifier de coupables pensées
    Pour charmer les méchants !

LA MUSE DE MAI

Enfin je l'ai revue !
C'était au fond des bois.
Pour chanter sa venue,
Tout avait une voix :
Les airs, la terre et l'onde.
Les zéphirs caressaient
Sa chevelure blonde ;
A ses pieds se pressaient
Les rouges coccinelles,

Les carabes dorés,
Les vertes cicindèles,
Mille insectes nacrés,
Éclos à son haleine,
Ainsi que mille fleurs,
Qui parfumaient la plaine
De suaves odeurs :
La violette blanche,
Le myosotis bleu,
La céleste pervenche
Et le genêt de feu.
Tout riait autour d'elle
Dans ce tranquille abri :
La légère hirondelle
Jetait son petit cri.
L'élégante fauvette
Chantait sur un bouleau
Et la bergeronnette
Sur le bord du ruisseau.
Sous son dais de feuillage,
Oui, la muse de mai
Offrait sa douce image
A mon regard charmé !
Un rayon de lumière
Couronnait son front pur
Et sa noble paupière

Voilait son œil d'azur.

Sa joue avait des roses

L'éclatant coloris ;

Sur ses lèvres mi-closes.

Fleurissait un souris,

Et sa tunique blanche

Tombait de son cou blanc,

En dessinant sa hanche

Jusqu'à ses pieds d'argent.

Quand sa bouche vermeille

Me dit ces mots heureux,

Si doux à mon oreille :

Que mon cœur fut joyeux !

« Je viens parer la terre

« De plus pompeux habits ;

« A ma voix tout espère ;

« Les puissants, les petits

« Ont droit à mes promesses,

« Et quand j'ouvre les mains

« Pour verser mes richesses,

« C'est sur tous les humains ;

« Pourtant je suis plus douce

« Pour les déshérités ;

« J'ai plus d'iris, de mousse,

« De lierres veloutés,

« De pampres, de lumière,

« De souffles murmurants

« Pour la pauvre chaumière

« Que pour le toit des grands.

« Je ramène la joie,

« Et j'apporte tout bien ;

« Mais c'est Dieu qui m'envoie !

« Qu'on s'en souvienne bien ! »

UNE FONTAINE A LA LISIÈRE DES BOIS

Source cachée aux regards de la foule,
Loin de la fange et du bruit des cités,
Vers le soir d'un beau jour qu'avec bonheur je foule
Les gazons où s'écoule
Ton onde à bonds précipités.

Jamais les eaux que versent les orages
N'ont pu ternir ton cristal argentin,
Où se mirent les fleurs, l'azur et les nuages,
Gracieuses images,
Qu'encadrent ton charmant bassin.

Que la fraîcheur de ton onde si pure
Avec douceur se répand dans les sens !
Et quand on est bercé de ton tendre murmure,
La voix de la nature
Fait mieux comprendre ses accents.

Chargé du faix qu'il amasse avec peine,
Après avoir glané quelques fagots,
Le pauvre sur tes bords s'en vient reprendre haleine
Et, limpide fontaine,
Etancher sa soif à tes flots.

Coulez, mes vers, coulez comme cette onde,
Ne reflètant jamais que d'honnêtes tableaux.
Coulez, mes vers, coulez loin du fracas du monde,
Fuyez le vice immonde
Et craignez de ternir vos eaux.

Coulez, mes vers ; pourtant je n'ose croire
Que vous alliez à la postérité :
De vous, de moi bientôt s'éteindra la mémoire ;
Sur l'aile de la gloire
Mon nom ne sera pas porté.

Eh ! qu'importe ! il suffit que ma lyre
Au malheureux qui gémit sous le faix,
Enseigne par ses chants à ne pas tant maudire,
Dans l'oubli du délire,
Le Dieu qui lui rendra la paix.

Il me suffit en passant sur la terre
De consoler quelques cœurs ulcérés,
De leur rendre la force au sein de leur misère,
Comme une eau salutaire,
A des voyageurs altérés.

DEUX VOIX

PREMIÈRE VOIX

L'hiver, c'est la flamme qui brille
Au sein de l'âtre qui pétille,
Et jette sa douce chaleur
Au front radieux du conteur.

DEUXIÈME VOIX

L'hiver, c'est à travers la porte
Le vent du nord, qui nous apporte
La neige par flocons pressés
Et bleuit nos membres glacés.

PREMIÈRE VOIX

C'est l'orchestre à la voix émue,
Qui répand dans l'âme éperdue
Ses mille chants harmonieux,
Ses mille sons, écho des cieux.

DEUXIÈME VOIX

C'est la bise qui, furieuse,
En sifflant de sa voix railleuse,
Souffle dans la paille où gémit
L'enfant que le froid engourdit.

PREMIÈRE VOIX

C'est le bal et ses mille flammes,
Avec ses guirlandes de femmes,
Avec ses quadrilles joyeux,
Avec son or, avec ses jeux.

DEUXIÈME VOIX

C'est l'inexorable misère,
Tarissant le sein de la mère
Qui n'eut pas sa part de moisson,
Aux lèvres de son nourrisson.

PREMIÈRE VOIX

C'est le théâtre, qui déploie
Ses gais tableaux où rit la joie,
Ou ses poétiques douleurs,
Qui donnent du charme à nos pleurs.

DEUXIÈME VOIX

Ce sont les pauvres travailleuses,
La nuit, à des lueurs douteuses,
Usant et leur vie et leurs yeux,
Au fond de quelque bouge affreux.

PREMIÈRE VOIX

Ce sont les bruyantes orgies
Et les coupes de vin rougies
Et les longs éclairs des cristaux,
Couronnant l'argent des plateaux.

DEUXIÈME VOIX

C'est la faim mendiante et nue,
Le soir, à l'angle d'une rue,
Tendant avec crainte la main,
Pour vivre jusques à demain.

AUPRÈS DU FOYER

Flamme, qui brûles claire et belle,
Toi qui réjouis mon foyer,
Une seule et faible étincelle
    Suffit pour t'allumer.

Mais bientôt du feu qui scintille,
Qui s'agite et chauffe si bien,
Mais bientôt du bois qui pétille
    Il ne restera rien.

Ainsi s'agitent dans notre âme
Nos passions avec fureur
Et, semblables à cette flamme,
Consument notre cœur.

Et l'homme, à ce moment suprême,
Déjà n'est plus, quoique vivant,
Car il ne voit plus en lui-même
Que cendre et que néant.

CONSEILS DE L'AIEUL

« Confondu dans les flots de la foule qui passe,
« Tu gémis... tu voudrais conquérir une place,
« Et, mon fils, à ton tour attirer le regard. »
Dieu n'a pas voulu faire à chacun même part.:
Aux uns sa main puissante a donné la richesse ;
Les autres ont reçu le savoir, la sagesse ;
Quelques-uns ont atteint aux suprêmes honneurs,
Et du pouvoir du jour ont toutes les faveurs ;
D'autres, qu'a couronnés la flamme du génie,
Epanchent leur pensée en des flots d'harmonie ;
D'autres sont dévoués au pénible labeur
Et n'ont pour toute part que fatigue et malheur.

C'est parmi ces derniers, et ton cœur s'en indigne,
Qu'est la place, ô mon fils, que le Seigneur t'assigne.
Ces sentiers sont divers, et cependant sais-tu
Lequel plus sûrement conduit à la vertu ?

La fournaise reçoit le fer et le torture ;
Mais le feu tout puissant le transforme et l'épure,
Et l'acier souple et fort naît du premier métal ;
Le sable vil s'y change en limpide cristal :
Le malheur, ô mon fils, ainsi que cette flamme,
Etreint, torture aussi, mais transforme notre âme ;
Mais en la comprimant en double le ressort.
Il faut avoir lutté contre les coups du sort
Pour savoir ce qu'on vaut, et l'éclatant génie,
Qui séduit tes regards et que ton cœur envie,
Ne se forme souvent qu'au creuset des douleurs
Et reçoit en naissant son baptême de pleurs.
Mais, s'il n'est pas possible à tous tant que nous sommes
D'être riches, puissants, ou d'être des grands hommes,
Nous pouvons acquérir un bien plus précieux
Que l'or et les grandeurs : cette faveur des cieux,
C'est le calme si fort né d'une conscience
Dont rien ne peut troubler la sereine constance :
Soyons purs, ô mon fils, de toute lâcheté,
Et nous serons armés contre l'adversité.

UNE LAMPE DANS LE LOINTAIN

O lumière isolée,
Qui brilles dans la nuit,
Quelle âme désolée
Eclaires-tu sans bruit?

Est-ce une tendre mère
Veillant l'enfant qui dort?
Une veuve en prière
Auprès du lit d'un mort?

Quand partout on sommeille,
Eclaires-tu la main
De l'ouvrier qui veille
Pour son morceau de pain ?

Ou ta lueur lointaine
Eclaire-t-elle au bal
La tournoyante scène
Du galop inégal ?

Ou creusant la science
Quel savant veille encor ?
Quel avare en silence
Se vautre dans son or ?

Enfin est-ce un poète,
Des doux concerts des cieux
Ce divin interprète,
Pour qui brillent tes feux ?

. . . .

La lumière s'efface,
Et chaque image fuit :

Ainsi pour nous tout passe
Et rentre dans la nuit.

Mais Dieu dans sa sagesse,
Qui lit au fond des cœurs,
Compte à tous leur faiblesse,
Leur joie et leurs douleurs.

LA FLEUR DE POÉSIE

Pour tailler ses pensées
Dans le marbre et l'airain,
Il faut dans vingt musées
Puiser un art divin.

Laissant alors la France,
Il faut que le sculpteur
Cherche à Rome, à Florence,
Un souffle inspirateur.

Le peintre aussi voyage
Et va par les cités,
Pieux pèlerinage !
Voir les maîtres vantés.

La fleur de poésie,
Et j'en rends grâce à Dieu !
Naît de la fantaisie
Et se cueille en tout lieu.

Je la vois sur ma tête
Dans un ciel orageux,
Lorsque de la tempête
Eclatent mille feux ;

Dans le flot qui s'élève
Et vient de l'horizon
Se briser sur la grève
En semant sa toison ;

Dans les cercles que l'aile,
Au vol capricieux,
De ma chère hirondelle
Dessine dans les cieux ;

Dans l'astre qui s'avance
Et mollement reluit
Au milieu du silence
D'une limpide nuit.

Cette fleur que j'adore,
Oh ! que j'aime à la voir
Dans les feux de l'aurore
Et dans les feux du soir !

Je la trouve blottie
Dans le nid de l'oiseau,
Dans la barque endormie
Qui se berce sur l'eau ;

Dans le tendre murmure,
Dans ce concert de voix,
Saluant la nature,
Au printemps, dans les bois ;

Dans le rayon qui glisse
A travers les forêts,
Dans le zéphyr qui plisse
L'azur des lacs si frais.

Plongé dans la prière,
Je la sens dans le pleur
Qui baigne ma paupière
En me venant du cœur.

Je la vois dans l'aumône
Au pauvre à l'abandon,
Et dans le cœur qui donne
Un généreux pardon ;

Dans le regard du brave,
Dans le calme du fort,
Dans la vertu qui brave
Les caprices du sort.

DEBELLARE SUPERBOS

Qu'il est terrible, ô Dieu, le vent de ta colère !
Il passe : et choisissant les puissants de la terre,
Pour donner aux mortels d'éternelles leçons,
Il brise la couronne aux plus superbes fronts.
Que de coups redoublés dans ces soixante années !
Quatre sceptres rompus ! Etranges destinées,
Où vaincus et vainqueurs, royaux aventuriers,
De l'exil tour à tour reprennent les sentiers !

Le premier coup frappé, coup qui nous épouvante,
Du vingt et un janvier c'est la date sanglante !.....
Hâtons-nous de voiler ce funèbre tableau.
Mais deux femmes, ô honte ! ont gravi l'échafaud,
Douces, jeunes encore, une sœur, une reine,
Ont rougi de leur sang la politique arène !
Et puis un pauvre enfant dans la noire prison
Périt sous l'œil impur de l'infâme Simon !

Mais la lave s'éteint dans le brûlant cratère ;
Puis un homme apparaît, dont le flot populaire
A soulevé si haut le pouvoir fabuleux.....
Et l'Europe en suspens tourne vers lui les yeux.
Tous les vents sont pour lui ; sa nef à pleine voile
Vogue le cap tourné vers sa mystique étoile ;
Mais un jour a brisé les fers de vingt états.
Et la foudre en grondant a lancé ses éclats
Sur l'orgueilleuse nef, qui sombre dans l'orage
Et sème ses débris sur une île sauvage !
Tout ce bruit de combats s'éteint dans le néant
D'une tombe isolée au sein de l'Océan.
Et le fils qui restait au destin de cet homme,
Fils couronné du nom de l'éternelle Rome,
Meurt sans gloire et sans nom, à la fleur de ses ans,
Sans amis, sans patrie, et loin de ses parents !

Plus tard, c'est un vieillard qui va traîner le reste
Des jours que lui compta la colère céleste,
De refuge en refuge ; et ce fils de Clovis,
Dont le front couronné sous les sacrés parvis
D'un peuple soulevé méprisait la tempête,
Après trois jours de lutte est renversé du faîte !
Sur la terre d'exil le vieillard n'est pas seul,
Et *l'Enfant du miracle* accompagne l'aïeul !

Trois jours !..... Un seul suffit pour broyer la couronne
Que le peuple inconstant nous ravit ou nous donne !
On eût cru qu'un pouvoir, fort de deux fois neuf ans,
Eût assis plus avant de plus sûrs fondements.
On attaque le roi ; la balle meurtrière
Dévie, en l'épargnant, de sa course première.
Quand la mort a couché son fils dans le cercueil,
La France en est émue et pleure aussi son deuil ;
Et pourtant, qui ne sent la pression divine ?
Vers l'exil à son tour le vieux roi s'achemine,
Entraînant sur ses pas, au loin, sur les chemins,
Quatre fils et cinq brus, avec deux orphelins !

Dieu brise ainsi le trône et disperse les cîmes !
Quand sous les pas des grands il creuse de tels abîmes,
N'envions pas l'éclat de ces revers subits ;
Bénissons-le plutôt de nous faire petits.

V

LA TRUFFE ET LA POMME DE TERRE

Pour composer un festin délectable,
  Dans les cuisines d'un banquier
On avait entassé sur une même table
  Les délices du monde entier :
Et les mers et les bois, et le ciel et la terre
Avaient été fouillés. Une pomme de terre
  Se trouvait par hasard
Près d'une noble truffe : « A l'écart ! à l'écart !
  Lui dit la truffe, tu n'es bonne

Tout au plus que pour des goujats ;
Mais pour un splendide repas,
Ma petite, pardonne,
On se passe de toi.
Tu viens te placer près de moi,
Moi, qu'on ne sert qu'aux heureux de ce monde,
Ah ! ton audace est sans seconde ;
Retourne chez les indigents,
Je te laisse de telles gens.
— J'accepte cette part, j'accepte et j'en suis fière,
Restez dans les palais, à moi l'humble chaumière.
Sachez-le : qui ne sert qu'au luxe de certains
Ne mérite que nos dédains ;
C'est à servir chacun que consiste ma gloire.
Adieu ! si vous voulez, chantez victoire,
Vantez-vous !
Ma devise est : utile à tous ! »

PAYSAGES

J'avais suivi le fleuve, entre les deux côteaux
Qui couronnent ses bords jusqu'au golfe où ses eaux
Vont verser le tribut de leur urne féconde.
J'errais en méditant, au murmure de l'onde,
Quand d'immenses débris soudain frappent mes yeux :
Des colonnes encor dessinent dans les cieux,
Au milieu de l'azur, leurs chapiteaux superbes ;
D'autres jonchent le sol et cachent dans les herbes
Leur acanthe tombée et leurs riches festons ;

Et seuils déracinés, gigantesques frontons,
Marbres dorés par l'âge, arrachés de leur faîte,
Sont épars sur la terre : ainsi de la tempête
Le souffle impétueux, secouant les grands bois,
Disperse leurs rameaux qu'il émiette à la fois.
Les temples renversés, l'arène, le théâtre,
Ne sont plus qu'un amas et de marbre et d'albâtre,
Chaos inextricable et fragments mélangés
Que le lierre et la mousse ont à demi rongés.
Seulement à l'écart on voit une statue
Aux membres mutilés, que n'a point abattue
Le temps dévastateur, qui fit tous ces débris :
C'est l'ombre, dirait-on, de ces peuples taris,
Qui vient pleurer aux lieux qu'anima leur présence,
Mais où règne aujourd'hui le plus morne silence.

Cependant le soleil, s'abaissant dans les cieux,
Au sein de l'océan allait baigner ses feux
Au milieu de l'azur, de la pourpre et de l'or.
Spectacle éblouissant ! qu'embellissait encor
L'onde qui reflétait sa couche de nuages
Aux lumineux sillons, aux mobiles images ;
Et des flots purpurins, par la brise poussés,
Caressaient mollement de leurs bons cadencés
Le rivage embaumé par les senteurs qu'exhalent
Les pampres, les gazons, les forêts qui s'étalent

En large amphithéâtre orné de gradins verts,
Courant des deux côtés se perdre au sein des mers :
On dirait que la terre étend avec tendresse
Deux grands bras vers les eaux qu'en son sein elle presse.
Tout boit avidement l'air humide du soir ;
Il semble que les fleurs, pour mieux le recevoir,
Ont relevé leur tête un instant inclinée
Aux feux brûlants du jour ; et mon âme étonnée
Admire avec transport cette variété,
Ce luxe d'ornements, cette fécondité
De la nature en fleurs, nature toujours belle,
Que, loin de l'épuiser, chaque jour renouvelle.
. . . .
. . . .
Comment ces deux tableaux si divers en un lieu ?
— L'un est œuvre de l'homme, et l'autre œuvre de Dieu.

MA PETITE VILLE

Sur son esquif et redoutant l'orage,
Le timide pêcheur au sein des vastes mers
S'écarte peu des abris que la plage
Ouvre pour lui contre les flots amers.

Quand l'autan gronde, il abaisse sa voile,
Et quand la nuit descend, prompt et prudent nocher,
De ses regards il ne perd plus l'étoile
Qu'il voit briller au front de son clocher.

Quand l'ouragan vient battre la falaise,
Il regarde du bord l'océan en courroux,
En attendant que ce fracas s'apaise,
En attendant que le flot soit plus doux.

Je crains ainsi la tempête civile
Qui s'agite et mugit dans les grandes cités ;
Mais dans l'abri de ma petite ville
Je ne crains plus les peuples agités.

Bernay si cher, que j'aime ta ceinture
De flexibles côteaux arrondis sur tes flancs ;
C'est ton orgueil, et ce nid de verdure
Te garantit de la fureur des vents.

Assis le soir sur leur pente fleurie,
Je contemple de là le cours des flots si purs,
Des flots d'argent qui baignent la prairie,
En s'avançant pour caresser tes murs.

Je reconnais chaque toit, chaque rue,
Et dans chaque repli je trouve un souvenir,
De mon passé trace à moitié perdue
Que je refais encore avec plaisir.

Mais c'est surtout dans les riants bocages
Qui couronnent, Bernay, tes côteaux d'alentour,
C'est dans ces bois, sous ces épais ombrages
Que je me plais à fuir les feux du jour.

Depuis trente ans, aux bords de tes prairies,
Je promène mes pas ; chaque arbre du chemin
Est un ami qui sait mes rêveries,
Qui me connaît, que caresse ma main.

Qu'un autre au loin coure après la richesse ;
Pour moi je trouve ici l'objet de tous mes vœux,
J'y suis aimé : dévouement et tendresse,
Qui peut vouloir des biens plus précieux ?

Longtemps encore puissé-je, exempt d'envie,
Ne pas abandonner ce tranquille séjour,
Où sans regret je vois couler ma vie,
Où sans secousse un jour suit l'autre jour !

Puissé-je aussi, puissé-je au jour suprême,
Sans craindre aux pieds de Dieu le terrible réveil,
Quitter ces lieux, pleuré de ceux que j'aime,
Et m'endormir d'un facile sommeil !

LES POÈTES

Hélas ! hélas ! le Dieu qui vous donna des chants,
De la lyre sacrée harmonieux enfants,
A répandu le fiel sur vos lèvres divines
Et semé sous vos pas les pierres, les épines ;
Les larmes de vos yeux arrosent votre pain ;
Vous n'avez pas d'amis qui vous tendent la main ;
Le monde, où retentit votre douce harmonie,
Pour reposer vos pas eut-il une patrie ?
Malheur ! Autour de vous tout est nu, tout est froid !

Et votre cœur bat seul..... Vous n'avez pas de toit,
Point de joyeux foyer, souvent point de famille,
Point d'enfant qui caresse au retour de la ville.
Quand la lente vieillesse appesantit vos pas,
Pour soutenir vos ans, qui vous prête son bras ?
Exilés en tous lieux, dans la foule qui passe,
Jamais vous n'avez pu vous trouver une place.

Ah ! si loin qu'on remonte à la source des temps,
On retrouve toujours quelques noms éclatants,
Couronnés à la fois de gloire et de misère :
C'est toi, type du grand et du malheur, Homère ;
A ta voix tout s'agite, et les siècles éteints
Renaissent quand on lit les vers où tu les peins.
Eh ! que seraient sans toi les héros de la Grèce ?
Pourtant, infortuné, la Grèce te délaisse :
La prière à la bouche et la lyre à la main,
Sans asile, en tout lieu tu mendiais ton pain.
Je rencontre après toi les pères du théâtre ;
Leurs noms sont salués par la foule idolâtre ;
Mais qu'importe l'honneur de ce brûlant transport !
Chacun d'eux doit payer sa dette aux lois du sort :
Loin du foyer chéri, d'abord périt Eschyle,
Victime de l'oracle, aux champs de la Sicile ;
Euripide, banni par d'ingrats citoyens,
Succombe sous les dents d'une meute de chiens ;

Sophocle étincelait des rayons du génie,
Et de ses fils cruels l'avarice lui nie
Ses biens et sa raison, sa raison !..... Il paraît,
Et le juge charmé révoque son arrêt ;
Sapho, que poursuivait un funeste délire,
A Leucade rejette et la vie et la lyre.
Ovide sur le luth, qu'il baignait de ses pleurs,
Aux bords glacés du Pont maudissait ses malheurs ;
Lucain par son trépas a payé la victoire
Qu'il ravit à Néron, envieux de sa gloire.
Dante a su de l'exil les sentiers douloureux
Et combien est amer le pain du malheureux ;
Le Tasse, chantre aimé de la Sainte conquête,
Dans un vil cabanon, pour reposer sa tête
N'avait qu'un peu de paille ; enfin le sort plus doux
A brisé devant lui les infâmes verroux
Et sa gloire a vaincu les efforts de l'envie ;
Un jour va lui payer tous les jours de sa vie ;
Du Capitole ému les antiques échos
Déjà retentissaient des éclats des bravos ;
Le triomphe était prêt..... Le poète succombe
Et le laurier sacré n'ornera qu'une tombe !
Sous un ciel en courroux, sur de lointaines mers,
Camoëns va périr au sein des flots amers ;
Mais, ô sublime effort ! il dispute au naufrage,
En luttant, d'une main son immortel ouvrage

Et de l'autre, sa vie ; hélas ! le désespoir,
La faim, dans son pays qu'il brûle de revoir,
Le briseront bientôt dans leur funeste étreinte.
Et notre grand Corneille, a-t-il connu l'atteinte
De la dure indigence et du triste abandon !
La sombre nuit voilait les regards de Milton.

Sur le chemin poudreux un jeune homme s'avance,
Son front pur et saillant rayonne d'espérance,
Sa fatigue n'est rien, il voit avec amour
Les fleurs s'épanouir aux premiers feux du jour,
Il rêve un toit, des champs pour son vieux père..... Arrête !
Un chevet d'hôpital, Gilbert, attend ta tête !
Quand son nom retentit dans le noir corridor,
Appel de mort fatal ! Chénier chantait encor.
Avez-vous entendu la rage populaire ?.....
Ah ! sa tête est tombée au fer triangulaire !

Que d'angoisses, de pleurs et de maux à citer !
Que de lyres encor, hélas ! il faut compter !
Chatterton, Malfilâtre, ainsi que Millevoye,
Victimes du malheur, à la misère en proie,
Et d'autres dont Dieu seul connut les chants sacrés
Et l'âpre solitude et les noms ignorés.

Ainsi votre horizon n'est jamais sans nuages,
Poètes, chaque jour a pour vous des orages,
Puis, après tant de jours traînés dans le malheur,
La mort vient et vous cloue en un lit de douleur.
Que le pas qui vous reste est difficile à faire !
Que la dernière goutte en la coupe est amère !
Avant de se trouver face à face avec Dieu,
S'il nous reste un ami pour le dernier adieu,
Quand on meurt et qu'on laisse après soi qui nous aime,
La voie est plus facile à cette heure suprême ;
Les larmes d'un ami qui mouillent notre main,
Ses sanglots répondant à ceux de notre sein,
Une étreinte, un doux mot, quand s'échappe la vie,
Mêlent un peu de miel au fiel de l'agonie.
Pauvres déshérités ! mais vous, vous mourez seuls,
A peine la pitié vous jette des linceuls ;
Et quand vous regagnez la dernière demeure,
Ah ! vous n'avez personne et qui suive et qui pleure !

. . . .

VI

A LA VÉRITÉ

Les temps sans toi ne seraient que ténèbres ;
     Ta céleste lueur
Dissipe ces clartés funèbres
Que rallume toujours l'erreur :
     Tels ces feux qui surgissent
     Du sein d'impurs marais,
     Bientôt s'évanouissent,
     Soleil, quand tu parais.

J'ai vu passer le faste, la richesse,
La gloire, les grandeurs,
Appât de l'humaine faiblesse,
Et le pouvoir et les honneurs,
Fantômes éphémères,
Vains jouets du trépas,
Magnifiques misères !...
Toi, tu ne passes pas.

Pour signaler leur fatale mémoire
A la postérité,
C'est au pilori de l'histoire,
Que tu graves, ô vérité,
Tous les noms exécrables
Des conquérants fameux,
Des illustres coupables
Et des tyrans heureux.

Mais ton pouvoir rassure l'innocence
De l'homme méconnu
Qui se dirige avec constance
Dans le sentier de la vertu :
Celui qui t'est fidèle,
Celui qui suit ta loi,
Voit couronner son zèle,
Voit couronner sa foi.

Le fourbe veut souvent dans sa folie
Ceindre ton pur bandeau
Et cacher son hypocrisie
Des plis de ton chaste manteau.
Mais ta main courageuse,
Démasquant l'imposteur,
Montre la plaie hideuse
Qui lui ronge le cœur.

Oui, le bonheur sans toi n'est qu'un vain songe,
De fausses voluptés,
Et l'honneur n'est plus qu'un mensonge,
Quand tu lui ravis tes clartés ;
Quitte un instant la terre,
La vertu n'est qu'un nom,
Le vice une chimère,
Tout change et se confond.

Tu guides l'homme au bord du précipice
Qui borde le sentier,
Où les nombreux écueils du vice
Pourraient faire glisser son pied ;
Et c'est ainsi qu'un phare
Rappelle des nochers
La barque qui s'égare
Au milieu des rochers.

Tu fuis des grands l'orgueilleuse faiblesse ;
Que te fait un peu d'or ?
Celui que corrompt la richesse
Ne connaît pas d'autre trésor.
Mais tu cherche et console
Le sage malheureux,
Ta sublime parole
Le relève à ses yeux.

La vérité, c'est la base immobile,
Le principe du bien ;
De la vertu c'est le mobile,
Et sans elle l'homme n'est rien ;
Voix de la conscience,
Sœur de la fermeté,
Elle est la pure essence
De la divinité.

Mourir est beau pour cette cause auguste
Dans les siècles menteurs,
Car la postérité plus juste
Venge ses nobles défenseurs ;
De la vérité sainte
Le glorieux martyr
Qui sait braver la crainte
Revit dans l'avenir.

CONSOLATION AUX POÈTES

Auprès de vous, puissants, ma pauvreté m'accuse,
On n'est rien, dites-vous, sans un riche trésor ;
Amassez, amassez, je méprise votre or
Lorsque j'écoute en moi les concerts de la muse.

Vous êtes les heureux ; à vous de l'univers
Les biens et les honneurs ; c'est là votre partage ;
Ainsi Dieu l'a voulu ; ma part n'est pas si large,
Mais je m'en réjouis, il m'a laissé les vers.

Jouissez, jouissez de l'orgueilleux délire
Qui vous met au-dessus du reste des humains ;
Que m'importent à moi vos superbes dédains !
Je préfère le sort des enfants de la lyre.

Je ne désire pas vos palais, ni vos champs,
Vos forêts, vos coursiers, la foule qui s'empresse
A vos moindres désirs ; restez à votre ivresse,
La mienne me plaît mieux : Dieu m'a donné des chants.

Votre luxe éblouit le peuple, qui l'envie
Sans songer que souvent il cache les ennuis,
Les dégoûts importuns et les cuisants soucis,
Et la honte : à moi donc la sainte poésie.

Nos goûts sont différents : suivez votre sentier,
Vous ne savez aimer que ce que la main touche,
Ce qui brille au regard, ce que saisit la bouche,
Et la muse à mes vœux livre le monde entier.

LA VIOLETTE ET LE CAMÉLIA

Parmi des fleurs en bouquet réunies,
Un beau camélia, tout fier de sa fraîcheur,
Vantant sa divine blancheur,
Les grâces infinies
Et la pureté des contours
De sa corolle de velours,
Avec le vert satin de ses feuilles polies,
Méprisait fort les autres fleurs
Et les reniait pour ses sœurs.

Il s'indignait contre une violette,

    Qui se trouvait auprès de lui ;

  Cela surtout redoublait son ennui :

« Près de moi, disait-il, cette vile fleurette,

    « Cet avorton de fleur

    « Sans forme et sans couleur !

« — Sans forme et sans éclat, mais non pas sans odeur,

« Et c'est ce qui te manque, ô fleur trop orgueilleuse ;

    « Retiens ta langue dédaigneuse,

« Reprend la violette, et trève à tes mépris :

    « Ton règne est de courte durée ;

« Quand tes pétales vains demain seront flétris,

    « Ta perte est assurée ;

   « Après le bal on te rejettera,

    « Et mon parfum me sauvera.

« On dédaigne bientôt ton éclat inodore,

« Moi, quand je suis fanée, on me recherche encore. »

O douce jeune fille, apprends que la beauté

Est le camélia du bouquet qui te pare :

Il attire un moment comme une chose rare

    Le regard étonné ;

    Mais cette beauté passe,

    Le temps, un rien l'efface,

Et les dons de l'esprit, les qualités du cœur
        Charment toujours notre âme
        Et rajeunissent une femme :
    C'est le parfum de l'humble fleur.

PARIS

CONSEILS DE L'AÏEUL

C'est, je le veux, mon fils, la reine des cités,
Et les œuvres des arts, les monuments vantés
Y frappent à tout pas les yeux surpris de l'homme
De prodiges nouveaux ; c'est Athènes, c'est Rome.
Le bronze des combats y porte vers les cieux
L'honneur du nom français, la gloire des aïeux,
Avec le souvenir des fastes qu'il étale
Sur les plis triomphants de sa longue spirale.
La haute colonnade et les riches festons

En ornent les palais aux superbes frontons,
Et la coupole d'or dans les airs suspendue,
S'élevant hardiment, semble briser la nue.
En son vaste contour la vasque y retentit
Sous les flots écumeux de l'onde qui jaillit,
Retombe avec fracas en mobiles cascades
Dans les larges bassins où les vertes naïades
Se mirent en riant dans le cristal des eaux.
Dans de nombreux bazars, sous de riches arceaux,
En cent aspects divers le luxe se déploie :
C'est le bronze et l'argent, l'or, la laine et la soie.
Sanctuaire du beau, c'est encore Paris
Qui des temps effacés nous offre les débris,
Ces marbres animés par les ciseaux antiques,
Ces restes précieux, ornements des portiques ;
On y voit les tableaux des rois de la couleur,
Où le pinceau fixa la joie et la douleur.
Mais ce n'est pas assez que le Paris de pierre ;
Paris, c'est le foyer d'où jaillit la lumière :
Paris, vers le progrès toujours marche en avant ;
L'art y prend son essor ; l'écrivain, le savant
Y creuse incessamment le sillon du génie ;
La scène y retentit de torrents d'harmonie ;
On y rencontre aussi les élans chaleureux,
Le dévouement sublime et l'effort généreux ;
Oui, Paris est la tête et le cœur de la France.

Mais c'est aussi l'égout où tout vice s'élance ;
C'est la sentine impure où s'entassent à flots
L'infâme trahison, les perfides complots,
Ainsi que l'impudeur des ténèbres amie,
Le meurtre avec le jeu, le viol, l'infamie,
La paresse et le vol, tous les crimes enfin.
Pars cependant, si c'est pour une noble fin,
Si tu dois élargir de ton intelligence
Le cercle trop étroit et grandir en science ;
Mais si tu dois apprendre à ne respecter rien,
Dans ce centre fameux et du mal et du bien,
Reste à notre foyer : la famille est féconde
En bons enseignements contre le vice immonde ;
Elle protégera ton esprit et ton cœur.

Hélas ! que d'imprudents, par une aveugle ardeur
Entraînés vers Paris, de plus d'une souillure
Ont vu leur front flétri, qui, dans la ville obscure
Où le sort les fit naître, auraient toujours été
A l'abri de la honte et de l'adversité.

ORPHELINS

Malheureux passereaux ! oh ! quelle main cruelle
Vous a faits orphelins, vous a privés de l'aile
      Au doux et chaud duvet,
Qui vous pressait tous trois d'une même caresse
Et qui vous réchauffait avec tant de tendresse
      Dans le nid si mollet ?

Vous êtes tout petits, et votre pauvre mère,
Que vous ne verrez plus, crie et se désespère :
      Plus de joyeux concert !
Qu'avec bonheur pourtant pour sa jeune couvée
Elle arrangeait la plume à son sein arrachée !
      Et le nid est désert !

Et vous, ses chers petits, on flétrit votre vie :
La liberté si douce, hélas ! vous est ravie
      Si tôt et sans retour.....
Sans jamais la chercher vous aurez la pâture ;
Mais verrez-vous jamais se parer la nature
      Aux premiers feux du jour ?

Vous êtes pour toujours donnés à l'esclavage ;
Vous aurez autant d'air qu'en contient une cage,
      O pauvres passereaux !
Si vous êtes épris de voler vers les nues,
En vain vous étendrez vos ailes éperdues
      Contre les noirs barreaux.

En vain Mai couvrira les arbres de feuillage,
La campagne de fleurs, et les ruisseaux d'ombrage,
      En chassant les autans ;
Vous n'irez pas joyeux au réveil de l'année,
De votre aile au matin secouant la rosée,
      Saluer le printemps.

CONCERT

Sœur de la poésie,
La musique répond à tous les cris du cœur,
La joie ou la douleur ;
Et c'est un vaste champ où de la fantaisie
Le magique pinceau peint cent tableaux divers :
L'orchestre retentit..... Je sens couler mes vers.

Si mon âme est joyeuse,
Chaque note rieuse
Me berce d'un doux son
Et mon cœur se dilate ;
Chaque instrument éclate
En brillante chanson.

D'une triste pensée
Si mon âme oppressée
Se gonfle d'un soupir,
Alors la symphonie
Dans sa sombre harmonie
Me semble aussi gémir.

Entendez-vous comme l'orchestre gronde ?
C'est une onde
Vagabonde
Qui retentit ;
Le bruit grandit,
Le torrent envahit
Et dévore la plaine,
Se précipite, se déchaîne,
Avec un sourd fracas entraîne
Les moissons, les troupeaux,
Le sol et les hameaux.
Puis l'onde passe,

Le bruit s'efface

Dans l'espace.....

Et le hautbois

En longs soupirs traîne sa voix :

C'est la pauvre femme qui pleure

Sur les débris de sa demeure,

Sur son vieux père en cheveux blancs,

Sur ses pauvres petits enfants ;

Mais de la charité la main toujours ouverte

Vient essuyer leurs pleurs, réparer chaque perte,

Et la paix règne encor :

Aussi j'entends chanter le cor,

Et la flûte en roulades,

La trompette en saccades,

La clarinette en sautillant

Et le basson en nasillant.

Le violon en riant prend la fuite,

En riant l'alto court après,

S'agite à sa poursuite

Sans l'atteindre jamais ;

En riant la basse s'avance,

A son tour après eux s'élance

Plus lourdement. Scherzo capricieux !

La phrase répétée

Dans cette course est emportée

En ricochets harmonieux :
Tels des coursiers lancés dans la carrière,
Au vent agitant leur crinière,
Et d'ardeur gonflant leurs naseaux,
Se suivent par bonds inégaux.

Mais de la valse à la triple mesure
Je viens d'entendre le murmure,
La valse, long serpent
Qui s'enlace
Et repasse
Aux flambeaux ;
Qui tournoie
Et déploie
Ses anneaux ;
La couronne
De danseurs
Tourbillonne ;
Les couleurs
Etincellent
Et ruissellent ;
Rond mouvant,
Chatoyant,
Qui s'agite
En tournant,
Et si vite

Me ravit
Et m'entraine
Hors d'haleine
Et bondit.

Puis une vague mélodie
Retient mon âme et la replie :
Et des rêves dorés, fantômes gracieux,
Chantent à mon oreille et brillent à mes yeux.
Je me sens emporter à travers l'étendue
Sur les flocons mouvants que déroule la nue,
Et bercé mollement au milieu d'un ciel pur,
Je foule leurs sommets sous des voûtes d'azur ;
J'y suis baigné des flots d'éclatante lumière
Que le soleil couchant répand dans sa carrière ;
De splendides vallons m'apparaissent encor,
J'y vois des eaux d'argent couler dans des lits d'or ;
Des marbres empourprés dressent leurs colonnades
Sur des parvis baignés par l'onde des cascades.
Chaque image revêt de pompeuses couleurs ;
Un céleste parfum du sein de mille fleurs
De saphir, de rubis, d'émeraude et d'opale
Dans ces lieux enchantés autour de moi s'exhale.
Le bonheur le plus pur a pénétré mes sens,
J'entends de doux concerts les suaves accents,
Ineffables accords et voix mystérieuses

Des mondes dans leur cours, phalanges glorieuses
Qui révèlent de Dieu la force, la bonté,
Sa grandeur, sa puissance et son éternité,
    Et j'adore.........

    Mais le presto sonore,
    Par ses brillants éclats
    Annonçant les combats,
    Me rappelle à la terre ;
    Et déjà le tonnerre
    Du bronze meurtrier,
    Le roulement guerrier
    Du tambour, qui réveille
    Dans le camp qui sommeille
    Les légers bataillons
    Et les lourds escadrons,
    Promettent la bataille :
    Chaque soldat tressaille
    D'un belliqueux désir,
    Il sait qu'il peut mourir ;
    Mais qu'importe la vie,
    Quand c'est pour la patrie !
    Quel élan ! quel fracas !
    Le fer vole en éclats ;
    La sourde canonnade,
    La vive fusillade

Font gémir les échos.

Le galop des chevaux

Soulève la poussière,

Qui ravit la lumière

Aux yeux des combattants ;

Mais de joyeux accents,

Présages de la gloire,

Proclament la victoire

Des soldats du pays.....

Fuyez, nos ennemis !

Oui, telle est ta puissance, ô sublime harmonie !

Tu fécondes l'esprit, ô fille du génie ;

Oui, votre art est divin, Beethoven et Mozart ;

Puis on ravit au mal le temps qu'on donne à l'art.

CONSEILS DE L'AIEUL

Avant que, perdu dans la foule,
Tu n'ailles, comme un flot qui coule
A la vaste mer, t'engloutir
Dans le sein de la Grande Ville,
En toi je veux de la famille
Graver le pieux souvenir :

Si jamais ton âme s'égare,
Qu'il t'apparaisse comme un phare
Qui puisse te conduire au port ;
Qu'il t'éclaire le précipice
Où toujours nous attend le vice,
Plus redoutable que la mort.

« Il faut boire jusqu'à l'ivresse,
Te dira la folle jeunesse,
« Il faut cueillir la fleur du jour ;
« Hâtons-nous, car le temps entraîne
« Tous les plaisirs, et nous ramène
« La glace de l'âge en retour. »

Rappelle-toi nos jours de fête :
La sobriété les apprête,
La tempérance en fait les frais,
Et la raison toujours présente
Remplit la coupe, et la présente
Avec plaisir, mais sans excès.

Si le méchant dans sa furie
Un jour de tempête s'écrie :
« Tout est à tous, allons, pillons ! »
Pense que le travail est nécessaire ;

Mon toit, mes champs sont mon salaire,
Mes sueurs baignent mes sillons.

Enfant, crains de souiller ton âme ;
Tenté d'une action infâme,
Dis-toi, si tu devais faillir :
« Jamais d'une faute honteuse,
« Ni d'une promesse menteuse
« Mes pères n'eurent à rougir. »

Respecte la vierge innocente
Et ne trompe jamais l'attente
D'un fidèle, d'un noble cœur ;
Mon fils, à la vertu si sainte
Epargne une coupable atteinte,
Tu voudrais merci pour ta sœur.

Mon enfant, tu verras l'impie,
Blasphémant le Dieu qu'il oublie,
Ne plus avoir qu'un culte, l'or :
Souviens-toi que dans ta prière
Tu disais aux pieds de ta mère :
« Un cœur pur est le vrai trésor. »

LA DÉFENSE DU PAYS

BARDIT

Une jeune fille germaine

J'ai vu leurs bataillons.
Ils se répandent dans la plaine
Comme les grandes eaux que l'aquilon déchaîne
A travers les sillons ;
Leurs yeux respirent le carnage ;
Leurs voix menacent du trépas ;
Tout se courbe sur leur passage,
Et le sol tremblant sous leurs pas
Soulève des flots de poussière

Qui cachent la lumière
Du soleil dans les cieux.
Plus nombreuses que les étoiles
Qui de la nuit sèment les voiles,
Leurs armes font entendre un fracas odieux.

Une femme germaine

Viennent-ils dans notre patrie
Ravager nos guérets,
Dévaster nos forêts,
Partout promener l'incendie ?
Et sous nos toits brûlants
Enseveliront-ils les vieillards, les enfants ?
Ravissant de nos bras nos vierges, nos germaines,
Les entraîneront-ils pour servir leurs Romaines
Et subir les mépris des farouches vainqueurs ?
Nos fils chargés de honteuses entraves
Seront-ils des esclaves ?
Ou dans le cirque, honteux gladiateurs,
Pour amuser la plèbe impie,
Avide seulement et de pain et de jeux,
Loin de leur chère Germanie,
Verseront-ils leur sang si généreux ?

Premier barde

Voyez-vous leurs alarmes ?
Entendez-vous, guerriers ?
Pressez vos boucliers,
Et saisissez vos armes ;
Si vous êtes Germains,
Marchez, mort aux Romains !

Chœur de guerriers

Oui, nous sommes Germains,
Marchons, mort aux Romains !

Deuxième barde

Aiguisez la framée,
Et qu'enfants et vieillards
Autour des étendards
Viennent grossir l'armée ;
Courez, les ennemis
Souillent notre pays !

Chœur de guerriers

Courons, les ennemis
Souillent notre pays !

VIII

Premier barde

Ces bataillons d'esclaves,
Vils troupeaux des Césars,
Seront bientôt épars
A l'approche des braves ;
Qu'ils tombent sous vos coups,
Vengez-vous, vengez-vous !

Chœur

Qu'ils tombent sous nos coups,
Vengeons-nous, vengeons-nous !

Deuxième barde

Qu'une embûche, une tombe,
Se cache dans nos bois,
Dans nos champs, sous nos toits,
Où le Romain succombe :
La défense est un droit,
Qui rend saint tout exploit.

Chœur

La défense est un droit,
Qui rend saint tout exploit.

Premier barde

Que pour notre patrie
Tout devienne, Germains,
Une arme dans vos mains
Contre la tyrannie :
Chassez de vos foyers
D'infâmes étrangers !

Chœur

Chassons de nos foyers
D'infâmes étrangers !

Deuxième barde

Marchez comme un seul homme,
Germains, soyez unis ;
Aucun des ennemis
Ne reverra sa Rome ;
Qu'un seul cri, liberté !
Soit par tous répété !

Chœur

Liberté ! liberté !
Liberté ! Liberté !

PITTÉ !!!

Du nautonier penché sur le dos de la lame,
Entends, entends, mon Dieu, la voix qui te réclame
    A cette heure de mort ;
    Pour éclairer sa voile,
Rappelle un ciel serein, fais briller ton étoile,
    L'étoile qui conduit au port.

Du tout petit enfant aux genoux de sa mère,
Qui lui dit mot pour mot sa naïve prière,
Reçois les vœux touchants.
Conduis-le dans sa voie,
Que du vice odieux il ne soit point la proie,
Bénis-le parmi les enfants.

Au malheureux, hélas ! banni de sa patrie,
Loin de ses doux enfants, d'une épouse chérie
Qu'il ne doit plus revoir,
Sur la terre étrangère
Mangeant dans la douleur le pain de la misère,
Du moins verse encore l'espoir.

Au voyageur errant, que la nuit accompagne,
Qu'abandonne l'espoir, que la fatigue gagne
Loin des chemins tracés,
Présente une retraite,
Qu'il y trouve un peu d'herbe où reposer sa tête,
O père, et ses pieds fatigués.

Pitié pour le captif qu'un haillon couvre à peine,
Meurtri par les anneaux de sa pesante chaîne
Sur l'humide pavé ;

Oh ! pendant qu'il sommeille
Dans son obscur cachot, murmure à son oreille
Des promesses de liberté.

Pitié pour l'égoïste au cœur froid, au cœur vide,
Pour l'avare sans âme et d'or sans cesse avide,
Qui n'ouvrent pas leur main ;
Dis à tous deux quel charme
L'homme goûte ici-bas à verser une larme,
Quel charme à partager son pain.

Du malade indigent visite la demeure ;
A cet infortuné comptant l'heure après l'heure
Jette un regard ami,
Vois sa peine infinie,
Qu'un sommeil bienfaisant remplace l'insomnie,
Qu'il retrouve un moment d'oubli.

Du coupable qui meurt détourne l'anathème,
Que son sang répandu soit un second baptême,
Et que son repentir
Lui rende l'innocence ;
A son cœur éperdu fais briller l'espérance
Et son pardon dans l'avenir.

Pitié pour l'insensé qui méprise ta voie ;
Pitié pour le puissant qui met toute sa joie
  Au luxe d'un palais.
  Pitié pour qui t'oublie ;
O père tout puissant, rappelle à toi l'impie,
  Celui qui ne pria jamais.

Pitié pour le vieillard qui sous les ans s'incline,
Père des affligés, pitié pour l'orpheline
  Qui prie à deux genoux
  Avec ses jeunes frères ;
Pitié pour cet amas des humaines misères,
  Enfin pitié, pitié pour tous !

L'UTILE

Admirant dans ses vers les terribles beautés
Que la nature étale aux yeux épouvantés,
Qu'un autre aime à chanter, sans crainte sur la grève,
L'ouragan qui mugit sur les mers qu'il soulève,
Les tonnerres aux cieux roulant avec fracas
Et redoublant cent fois leurs sonores éclats,
Et que passionné pour ces horreurs sublimes
Il voie avec bonheur s'entr'ouvrir les abîmes

Qui cachent dans leur sein les perfides rochers
Où vient se déchirer la barque des nochers !
Quand je pense aux enfants, aux femmes sur la plage,
Demandant au Seigneur de calmer cette rage
Des vents impétueux et des mers en courroux,
Qui menacent les jours d'un père, d'un époux,
La grandeur du tableau n'est plus rien à ma vue ;
L'effroi serre mon cœur, et mon âme éperdue,
Malgré le pittoresque, appelle de ses vœux
Le calme et le salut de tant de malheureux.

Peut-être qu'un torrent qui court avec furie
Et de ses flots fangeux ravage la prairie,
Qui de sa grande voix et tempête et mugit,
Qui s'élance et retombe et monte et rejaillit,
Réveille les échos de sons plus poétiques
Et frappe le regard d'aspects plus magnifiques ;
Cependant à ces eaux qui jettent leurs flocons
De cascade en cascade, et de leurs tourbillons
Dévorent les talus de la rive qui gronde,
Je préfère le cours de cette eau plus féconde,
Qui, paisible et sans bruit, fertilise les prés,
De fleurs de pourpre et d'or richement diaprés.

Voyez ce triste roc, regardez sur sa cime
Ce noir et vieux donjon qui domine un abime ;

Ses créneaux sont croulés de son front sourcilleux ;
Ses barons ne sont plus, et j'en rends grâce aux cieux ;
Les lambris sont tombés dans les salles antiques
Et le lierre envahit les ogives gothiques.
Il a pour habitants seulement les vautours
Qui d'un vol redouté s'élancent de ses tours
Pour fondre sur le nid de quelque tourterelle,
De quelques passereaux, image trop fidèle
Des mœurs des temps passés, où nobles châtelains
Descendaient dans la plaine et taillaient les vilains.
Des souvenirs taris ce n'est plus que la tombe,
Et je ne pleure pas chaque pierre qui tombe
Des arceaux délabrés, des antiques débris ;
Non, je ne pleure pas ; non, non, moi je souris,
Quand j'en vois s'élever la maisonnette blanche,
Sur le flanc cultivé du coteau qui se penche.
Comme le pampre vert en gracieux festons
Y couronne gaîment la pierre des barons !
Comme un brillant soleil en éclaire le faîte
Et s'y plaît à répandre un riant air de fête
Qui proclame la paix des heureux habitants !
Que j'aime à contempler la ceinture d'enfants,
Qui chantent à la porte avec insouciance
Et dont les traits si frais annoncent l'abondance
Qu'un travail libre, utile, apporte au milieu d'eux !
N'est-ce pas consolant ? Mais qu'importe aux heureux !

Le touriste surtout hait la monotonie ;
Les terrains tourmentés charment seuls sa manie,
Et les marais fiévreux, la lave des volcans,
La lande désolée, où sifflent les autans,
Les campagnes sans fruits et les rocs sans verdure
A ses yeux enchantés sont la belle nature.
Mais, pour moi, j'aime mieux les vastes champs jaunis
Par cet or ondoyant des mobiles épis,
Et le gras pâturage, et les grappes pourprées
Des fertiles côteaux ; prosaïques contrées,
Je veux en convenir, mais qui comblent de dons
Les heureux laboureurs qui creusent leurs sillons.

Changer en verts guérets la stérile bruyère
Est un fécond exploit remporté sur la terre ;
Et follement épris de trois cailloux romains,
Je ne m'indigne pas, quand d'utiles chemins,
Veines par où circule ou l'art ou l'industrie,
Défont quelques ruines et vont dans ma patrie,
Porter en chaque lieu le savoir, le progrès :
Ces conquêtes du temps ne font point mes regrets !

DÉVOUEMENT

Quel calme !..... Tout repose et la ville est dans l'ombre,
Disparaît et s'endort ;..... les plis d'un voile sombre
Semblent l'ensevelir ;..... j'écoute, et pas un bruit
Dans l'air ne vient troubler le calme de la nuit :
Allons, il en est temps, éteignons cette flamme ;
A la bonté de Dieu recommandons notre âme :
Que sa puissante main nous verse un doux sommeil,
Et puissions-nous encor le bénir au réveil !

. . . .
. . . .

Est-ce un rêve ?
Un bruit s'élève
Dans le lointain ;
Dormons,... c'est le matin ;
Mais non,... le bruit approche ;
Ecoutons,... c'est la cloche
Qui tinte, et presse son glas !
Là-bas, quels cris !... pourquoi ces pas ?
Quelles sourdes clameurs roulent dans l'étendue !
Quelle lueur affreuse ensanglante la nue !
Hélas ! je tremble, hélas ! serait-il vrai... mon Dieu ?.....
          « Au feu !!! ». ..
« Au feu !... » Fatal appel, qui se répand, horrible,
De quartiers en quartiers « Au feu !... » Le cri terrible
A jeté l'épouvante au fond de tous les cœurs.
Ah ! volons, gardons-nous de coupables lenteurs :
Honte à l'homme égoïste, honte, honte à l'impie
Qui ne court pas aux lieux où mugit l'incendie !

Quel spectacle ! ô mon Dieu ! l'invincible fléau
Va dévorer la ville, allons, de l'eau, de l'eau !
Mais j'entends le bruit sourd de la pompe qui roule...
Le casque reluit au milieu de la foule ;
Enfin c'est le secours. De chaînon en chaînon
Le peuple se déploie et l'onde est au piston,
Et des bras vigoureux attaquent l'incendie,

Qui d'étage en étage et monte et se replie,

Comme un vaste serpent qui s'allonge et se tord

Jusqu'au faîte du toit qu'il étreint et qu'il mord.

Quels sifflements affreux !..... Là-haut, à la fenêtre,

C'est une femme, ô Dieu, que je vois apparaître...

Elle s'est affaissée... On ne voit que son bras

Qui pend. « Entendez-vous cet horrible fracas ?

« — C'est l'escalier qui croule. — Un abîme est entre elle

« Et qui peut la sauver ! » Cependant une échelle

Se dresse avec effort, et parmi les pompiers

Tous veulent à l'instant s'élancer les premiers

Sur les appuis mouvants que vient lécher la flamme.

Chacun brave la mort pour sauver cette femme ;

Le plus heureux enfin arrive, et dans ses bras

L'enlève, la soutient et l'arrache au trépas :

Le peuple bat des mains. Elle est évanouie ;

Mais des soins empressés la rendent à la vie ;

« Mon fils, mon fils ! » dit-elle en rouvrant la paupière ;

Et ce cri retentit au cœur de chaque mère.

« Son fils ! » dit à son tour son généreux sauveur,

Car il est père aussi : l'angoisse est dans son cœur,

Il comprend cette mère et sa douleur poignante.

Bravera-t-il encor la flamme dévorante ?

Déjà par cent endroits lançant ses tourbillons,

Elle s'agite, siffle et trace ses sillons ;

Chaque instant qui s'écoule en redouble la rage :

Aussi n'écoutant plus que la voix du courage
Il monte et disparaît... On attend un moment,
On ne le revoit plus... Un affreux craquement
A redoublé le feu, la cendre et la fumée...
La mère qui se meurt retombe inanimée.
Quelle attente !... Oubliant la flamme et le péril,
Chacun s'arrête et dit : « Ah ! le sauvera-t-il ? »
Un instant de retard est un an qui s'écoule,
Et pas un bruit ne sort de toute cette foule !
On n'entend que le feu ; mais un cri triomphant
Enfin a retenti : « C'est lui, voilà l'enfant ! »
On accourt à la mère, on s'agite, on s'empresse,
C'est en vain : « Rendez-lui l'enfant de sa tendresse , »
Dit une voix qu'inspire un maternel instinct.
Son fils est aussitôt déposé sur son sein ;
Il y puise la vie et la rend à sa mère.
Elle baise cent fois cette tête si chère ;
Elle cherche son sauveur de l'un de ces regards
Plus puissants que les mots ; mais de nouveaux hasards
L'arrachent aux transports de la reconnaissance.....

Cependant l'incendie a moins de violence ;
Il cède, il cède enfin sous l'effort continu

Des braves artisans ; mais le jour est venu ;
Chacun à l'atelier court gagner son salaire :
Qu'importe la fatigue ! il suffit de bien faire,
Quand le cœur est content, qu'importe le repos,
Chacun reprend gaîment ses pénibles travaux.

LA PAIX

Assis sur le cap de la Hève,
Oh ! que j'aime à voir sur la grève
Tour à tour se presser les flots !
Tantôt lente, majestueuse,
Tantôt rapide, impétueuse,
Leur voix réveille les échos.

De là je vois au loin la Seine
Accourir à travers la plaine
Pour se jeter au fond des mers ;
On dirait pourtant qu'elle hésite,
Qu'à regret elle précipite
Ses flots si blonds dans leurs flots verts.

A l'horizon je vois cent voiles ;
Le vent courbe leurs blanches toiles
Qui se mirent au sein des eaux ;
Que j'aime ces nefs vagabondes
Qui réunissent les deux mondes,
Comme de mobiles anneaux !

Au retour de ces longs voyages,
Chacune verse à nos rivages
Les trésors d'un pays lointain,
Prix de ceux de notre patrie :
C'est ainsï que par l'industrie
Les peuples se donnent la main.

En voyant toutes les merveilles,
Etonnants produits de nos veilles,
Tous les peuples voudront un jour
Savoir ces arts, source première

D'où jaillit pour nous la lumière :
Ils voudront créer à leur tour.

Et les yeux tournés vers la France,
Ils en invoquent la science,
Les arts, les lettres, les progrès.
Que cette conquête sans armes,
Que cette victoire sans larmes
Fleurisse à l'ombre de la paix !

La paix, ô divine parole,
La paix, ô précieux symbole,
La paix, espoir des nations,
La paix, source à jamais féconde,
Et phare illuminant le monde,
Terme des révolutions !

Dans les siècles elle s'avance,
Répandant partout l'abondance
En fruits pourprés, en gerbes d'or,
Et couronnant partout les treilles
De pampres, de grappes vermeilles,
Espoir du liquide trésor.

Elle s'avance, et dans la plaine
Les agneaux à la blanche laine,

Les génisses en longs troupeaux
Errent sans guide, et les prairies
Se tapissent d'herbes fleuries
Que rajeunit le cours des eaux.

Elle s'avance, et, nouvelle ère,
Elle épure, elle régénère
Le cœur endurci des mortels ;
Leur main se détourne du glaive
Et jure une éternelle trève
Sur de salutaires autels.

Occupé de labeúrs utiles,
Et dans les champs et dans les villes,
Chacun concourt au bien de tous ;
Et dans la plus humble chaumière
Pénètre un rayon de lumière
Avec un bien-être plus doux.

Les richesses intellectuelles,
Les richesses matérielles
Croissent alors de jour en jour ;
Et la misère et l'ignorance
Sous sa maternelle influence
Quittent la terre sans retour.

Elle est mère de la morale,
Elle est la base sociale
Sur qui repose l'avenir ;
Par elle les races futures,
Plus fraternelles et plus pures,
Sauront s'aimer, sauront bénir.

Qu'il soit donc maudit sur la terre
Celui qui promène la guerre
Parmi les fertiles sillons,
Qui dans sa coupable furie
Entraîne sa cavalerie
Et ses sauvages bataillons !

Car dans les cités florissantes
Il n'entre qu'aux lueurs sanglantes
Des feux au front des monuments ;
Et fuyant ces sinistres flammes,
Les vieillards, les enfants, les femmes
Poussent de sourds gémissements.

Qu'il soit maudit cet homme impie,
Et qu'à chaque instant il expie
Son œuvre de destruction :
Car il arrête dans le monde

La marche éclatante et féconde
De la civilisation.

Qu'un jour il courbe aussi la tête
Et soit précipité du faîte
Où l'avait placé son orgueil !
Un jour, en quelque lieu qu'il passe,
Que chacun détourne la face
Et le repousse de son seuil !

Qu'il soit sans appui, sans asile,
Et que chaque terre l'exile ;
Qu'il n'ait de parents ni d'amis,
Puisqu'il ravit aux sœurs leurs frères,
Qu'il ravit aux enfants leurs pères,
Qu'il ravit aux mères leurs fils !

Et quand sa dernière heure sonne,
Qu'à son chevet il n'ait personne
Pour lui dire un suprême adieu ;
Et que sans prière à la bouche
Il soit torturé sur sa couche,
Qu'il y désespère de Dieu !

SUR UN BERCEAU

O chère enfant, qui commences la vie,
Rachel, pour toi je veux prier le Ciel,
Que de ta coupe il épanche la lie
    Et qu'il n'y laisse que le miel.

Que la pudeur colore ton visage,
Que la douceur éclaire tes beaux yeux,
Que ton front pur et toujours sans nuage
    Soit un reflet serein des cieux.

Puisse ton cœur toujours tendre et fidèle
Etre la joie et le bien d'un époux
Qui te chérisse et qui te trouve belle
    Et de qui le joug te soit doux.

Je fais des vœux pour que le Ciel te donne,
Mais souviens-toi qu'il faut ouvrir ta main,
Mais souviens-toi de répandre l'aumône
    Au cri du pauvre en ton chemin.

Loin de la foule, à l'abri du rivage,
Que tes longs jours s'écoulent sans émoi,
Des passions ne connais pas l'orage,
    Et que la paix soit avec toi.

Que la vertu soit ta seule parure,
Sois riche un jour des qualités du cœur,
Que ton esprit cherche dans la nature
    Sa grâce et sa vive lueur.

Mais si, Rachel, tu ne dois qu'être belle,
Si du Seigneur tu dois laisser la loi,
Que le Seigneur, dès aujourd'hui t'appelle,
    C'est le vœu que je fais pour toi.

A L'HIRONDELLE

Juin 1848

Ah ! tu cherches le nid, ô ma pauvre hirondelle,
Où ta mère autrefois te couva sous son aile ;
Il est perdu pour toi ; ce désiré séjour
Où tu fus réchauffée au feu de son amour,
Dans un jour de combat, au milieu de la rue,
S'abîma sous le coup d'une balle perdue ;
(Elle n'atteignit pas du moins un cœur français !)
Néfastes souvenirs !... la lutte où le succès
Autant que la défaite est un sujet de larmes

Est une lutte impie..... Ah ! des frères en armes
Enivrés de courroux, altérés de leur sang,
Courent en insensés se déchirer le flanc ;
Oubliant qu'ils sont fils de la même patrie,
Ils veulent l'un sur l'autre étancher leur furie !
Hommes, quand finiront ces funestes débats ?
A quoi servent enfin tous ces sanglants combats ?
Quand vous avez rempli de discordes civiles
De l'Europe ébranlée et les champs et les villes,
Quand tout tremble à la voix des canons odieux,
Les rois sont-ils meilleurs ? Les peuples sont-ils mieux ?

LA MOISSON

Dieu, toujours adorable,
D'un regard favorable
A béni vos moissons ;
L'or des épis couronne
Les gerbes qu'il vous donne
Et jaunit vos sillons.

Ah ! par la bienfaisance
Payez cette abondance
Qui remplit vos greniers ;
De vos biens qui grandissent
Aux pauvres qui gémissent ,
Donnez quelques deniers.

A la veuve qui pleure
Dans sa triste demeure ,
Que visite la faim ,
Quand la terre est féconde ,
Quand pour vous tout abonde ,
Donnez, donnez du pain.

Ne gagnant rien encore ,
L'orphelin vous implore ,
Ne l'abandonnez pas :
Sa vie est bien amère ,
Tenez-lui lieu de mère :
Il est seul ici-bas.

Le vieillard vous supplie ;
Ah ! faut-il qu'on l'oublie !
Il ne travaille plus :

Hélas ! l'hiver de l'âge
A glacé son courage
Et ses bras sont perclus.

Du sein de la richesse,
Pensez à leur détresse,
Dites aux moissonneurs
De serrer moins la gerbe,
Qu'il en tombe dans l'herbe
Un peu pour les glaneurs.

Donnez, donnez sans peine :
Que votre main soit pleine
A l'heure du trépas ;
Donnez, car vos largesses
Sont les seules richesses
Que vous ne perdrez pas.

LA SCIENCE

Quand il laissa tomber de sa bouche féconde
Cet amas d'éléments qui composent le monde,
        Dieu, sublime pouvoir,
En assignant à tout et son but et sa place,
Fit la terre et les cieux pour tourner dans l'espace,
        Et l'homme pour savoir.

                                        x

Il voulut que chaque être eût aussi son langage
Pour dire sa grandeur, célébrer son ouvrage,
      Et proclamer son nom :
Les oiseaux ont leurs chants, les eaux leur murmure,
Le ciel a son éclat, les fleurs ont leur parure,
      Et l'homme a sa raison.

Quand nous avons de Dieu reçu ce bien suprême,
L'ignorance n'est plus qu'un odieux blasphème,
      Et l'on doit s'éclairer :
Etudions les lois de son œuvre sublime,
La science n'est pas un dangereux abîme ;
      S'instruire est l'adorer.

Quelle carrière l'homme a déjà parcourue !
Déjà sa main hardie a désarmé la nue
      De ses foudres brûlans ;
Et l'aimant, si le ciel lui cache ses étoiles,
Avec sécurité sait diriger ses voiles
      Au sein des océans.

Par l'art de Guttemberg, les trésors du génie
Et la pensée humaine à jamais rajeunie
      Ont l'immortalité ;

Et des siècles taris le sublime héritage,
Sans cesse grossissant, passera d'âge en âge
    A la postérité.

Des fleuves souterrains que va fouiller la sonde
A travers le granit, s'élève, jaillit l'onde,
    En flots précipités,
Sur un sol desséché jetant ses urnes pleines,
Ou versant la santé par d'utiles fontaines
    Aux peuples des cités.

La chimie a tranché chaque jour un problème :
La nature est un peintre, elle trace elle-même
    Son magique tableau,
Y fixe les objets avec plus de finesse,
Avec plus de vigueur et de délicatesse
    Qu'un habile pinceau.

Pour l'homme qu'on opère il n'est plus d'agonie :
O miracle ! ô bienfaits ! la douleur est bannie
    Avec un peu d'éther,
Et des songes dorés viennent bercer son âme,
Quand Esculape, armé du fer ou de la flamme,
    Lui laboure la chair.

L'homme, ainsi qu'un coursier rend la vapeur docile ;
Mais son art admirable en a fait un mobile
　　　Mille fois plus puissant :
Il l'attelle à ces chars qui dévorent l'espace,
Et monts, fleuves, vallons, distance, tout s'efface.....
　　　Il suffit d'un instant.

Cette vapeur jaillit, et la nef animée
Agite mollement sa crête de fumée
　　　Et bondit sur les eaux ;
Plus vite que l'éclair les machines façonnent
Les matériaux bruts, les transforment et donnent
　　　Des prodiges nouveaux.

Le chiffre a tout soumis ; il s'élance à la trace
De ces globes errants qu'ont semés dans l'espace
　　　Les éternels décrets ;
N'a-t-il pas révélé les lois de la matière ?
Et la terre et les eaux et l'air et la lumière
　　　Lui livrent leurs secrets.

L'homme a réalisé ce qu'on croirait des songes,
Ce qu'aux siècles passés on eût dit des mensonges
　　　Bons à gonfler des vers :

Il commande à la foudre, et la foudre empressée
Sur un fil conducteur emporte sa pensée
      Au bout de l'univers.

Le crime ne peut plus à la faveur des ombres
Tenter dans les détours de nos cités trop sombres
      Un coupable attentat ;
L'homme a dit : *Fiat Lux* au milieu des ténèbres,
En remplaçant soudain quelques lueurs funèbres
      Par l'électrique éclat.

Voilà de ses travaux ! Que fera-t-il encore ?
Après avoir uni le couchant à l'aurore
      Et le nord au midi,
Ira-t-il, de l'azur sondant l'immense voûte,
S'ouvrir avec audace une nouvelle route
      A travers l'infini ?

Pour des peuples nouveaux conquérant une place,
Et resserrant toujours, dans son besoin d'espace,
      Le lit des flots amers,
Bâtira-t-il les murs, les monuments des villes,
Dans les champs inconnus des profondeurs stériles
      Où mugissent les mers ?

Qui sait ? Un jour peut-être on le voit dans la nue,
Il attaque les monts à la tête chenue
    De ses leviers puissants,
Et, secouant leur masse, il renverse leurs cimes,
Les couche sans effort au milieu des abîmes
    Pour en faire des champs.

On le voit fondre encore ces glaces, tristes chaînes
Qui referment au Nord le sein de vastes plaines ;
    Transporter la chaleur ;
Distribuer le froid dans sa course rapide ;
Dompter, anéantir de la zone torride
    La redoutable ardeur.

Que l'homme marche donc, armé d'un nouveau zèle,
Dans les mille sentiers où le progrès l'appelle,
    Car savoir est sa loi,
Et cette loi lui crie : « Avance, avance, avance..... »
Rendons-en grâce à Dieu : plus grande est la science
    Et plus pure est la foi.

La science conduit à la sainte prière :
J'adore prosterné le front dans la poussière
    Ce sublime moteur,

Ce pouvoir éternel, père de la nature !
Quand on voit ce que peut sa frêle créature,
    Que peut le Créateur ! ! !

LE PASSAGE.

De fleurs et de pavois la poupe était ornée ;
La voile dans les airs mollement inclinée,
Se teignant de la pourpre et des feux du levant,
Abandonnait ses plis aux caresses du vent ;
En un large sillon l'airain de la carène
Fendait les flots mouvants de la liquide plaine ;
La nef obéissait rapide et sans effort
Au geste du pilote, et s'élançait du bord
Où par notre départ mille voix attendries
Nous saluaient encore de paroles amies,

Et pour notre bonheur nous envoyaient leurs vœux ;
Le ciel, tout était plein de présages heureux.
Parmi les passagers quelle douce espérance !
Les mains pressaient les mains, avec la confiance
Que ce vaste horizon, que ce beau ciel d'azur
N'aurait point de tempête et serait toujours pur.
Que de couples amis, confondant leur fortune,
Rêvaient la vie à deux et deux âmes en une !
Dans les mâts, sur le pont, des cris, des chants joyeux
A l'aurore et le soir s'élançaient dans les cieux.
Tous voyaient l'avenir dans une heureuse attente.....
Mais les vents sont légers et la mer est changeante :
Avant vingt jours passés combien de matelots
Avaient trouvé déjà leur tombe dans les flots !
Que de fois, dans les cieux, menaçant notre tête,
Un nuage aux flancs noirs enfanta la tempête !
De la foudre en courroux les terribles éclats
Jaillirent coup sur coup et brisèrent nos mâts.
Qu'il en mourut, hélas ! de douces jeunes filles !
Ah ! que d'êtres chéris ravis à leurs familles :
Que d'hommes vigoureux, de frais adolescents,
Que de femmes en fleurs ! Que de tendres enfants
Frappés par le trépas sur le sein de leurs mères !
Pour tous ces morts aimés que de larmes amères,
De sanglots douloureux !..... C'était un deuil nouveau
Quand nous donnions leurs corps à l'humide tombeau.

Fallait-il donc pleurer ?. ... Ils ont quitté la vie,
La coupe de leurs jours reste à moitié remplie ;
Mais leur palais charmé n'a goûté que le miel
Qui couronnait les bords et recouvrait le fiel.
Ce passage est la vie : heureux qui touche au terme
Sans avoir épuisé ce que la vie renferme
De luttes , de douleurs et de déceptions :
Sa nef est moins battue au vent des passions ;
De la fange de l'or il a la main plus pure,
Et son âme , échappée à plus d'une souillure ,
Tombe avec moins d'effroi dans les mains de Celui
Par qui les êtres sont et qui n'est que par lui.

CONSEILS DE L'AIEUL.

LE RETOUR.

Vaincu par la fatigue et par le désespoir,
Sur le bord du sentier, quand les ombres du soir
S'élevaient lentement du fond de la vallée,
Hélas ! j'étais tombé..... Mon âme désolée,
Parmi mes jours passés, jamais n'avait compté
Que des jours de douleur dans la grande cité :
J'avais rêvé la gloire, ô trop vaine chimère !
Et je ne rapportais que honte et que misère ;
Accablé du passé, redoutant l'avenir,
Alors je m'écriai : « Mourir, je veux mourir ! »

Qui t'en donne le droit? dit une voix amie,
La mort est à Celui qui nous donne la vie,
Et nul ne peut prétendre à l'éternel repos,
S'il n'a payé sa part de fatigues et de maux.
Porte donc à ton tour la part qui t'est donnée;
Le travailleur attend la fin de la journée.
Tu rejettes la vie auparavant, mon fils;
Ecoute d'un vieillard la voix et les avis.
Pour des réalités ne prenons pas nos songes,
Et ne nous forgeons pas tant de riants mensonges,
Qui bercent notre cœur de cent illusions
Et bientôt ne sont plus que des déceptions;
La vie alors sera ce qu'elle est : une tâche,
Que le fort accomplit, que repousse le lâche.
Il faut monter, je sais, des sentiers douloureux,
Alors il faut s'armer d'un effort généreux,
Et la lutte ennoblit et retrempe notre âme;
Une nouvelle ardeur aussitôt nous enflamme
Et nous nous sentons fiers de porter notre croix
Sans que le cœur fléchisse. Accepte donc les lois
Que le travail impose à l'homme sur la terre;
Et, sans tant murmurer, attendons le salaire
Que Dieu donne à celui qu'éprouva le malheur
Et dont chaque heure fut dévouement et labeur.

DANS LES BOIS.

J'aime à chercher la solitude
Loin des bruits de la multitude,
    Au fond des bois,
L'écho qui fuit sur mon passage,
Répond à travers le feuillage,
    Seul à ma voix.

Sous les arcades de verdure,
Que la brise odorante et pure
    Vient agiter,
A pas ralentis, je m'avance,
Et j'aime, entouré de silence,
    A méditer.

J'y fuis l'arene politique,
Et de la tempête publique
    Les longs éclats,
Et l'ambition qui s'agïte,
Et bouleverse et précipite
    Tous les états.

Quand au milieu des bois que j'aime
Je pense à descendre en moi-même
    De longs instants,
Je crois dans l'instinct qui me guide
Ralentir dans son cours rapide
    L'aile du temps.

Errant, pensif et solitaire,
Aux vains soucis de cette terre
    Je dis adieu :

C'est en nous éloignant des hommes
Et de leurs cités, que nous sommes
Plus près de Dieu.

CONSOLATION

Non, ce n'est pas un spectre horrible,
A l'orbite cave et terrible,
Qu'enflamme un regard de courroux ;
Non ! C'est un gracieux fantôme
Qui sans cesse sourit à l'homme
D'un air mélancolique et doux.

L'azur des cieux teint son long voile,
Sur son front pâle est une étoile,
Promesse d'éternel repos,
Et sa main diaphane et blanche
Tient une coupe d'où s'épanche
L'oubli des douleurs et des maux.

Quand il nous ravit de la terre,
Sachons du vallon de misère
Sans effort détacher nos yeux,
Car il vient briser notre chaîne
Et doucement il nous entraîne
En nous montrant du doigt les cieux.

Pourquoi faire si redoutable
Ce fantôme si secourable ?
De lui ne nous détournons pas :
Il est frère de l'espérance,
Nommons-le plutôt *Délivrance*,
Ne disons plus le Noir Trépas.

Nos jours, c'est Dieu qui les mesure,
Recevons, rendons sans murmure ;
Sachons, sans peser ses desseins,

Quitter la terrestre demeure ;
Mais , quand nous ignorons notre heure ,
Pour partir soyons toujours ceints.

Comme la vie est un passage ,
Craignant que l'homme si peu sage
Ne crût dans un oubli fatal
Que son seul but est cette terre ,
Dieu , pour dissiper sa chimère ,
Mêla tout de bien et de mal.

Peut-être il nous prendrait envie
De jeter la coupe de vie ,
Si nous n'y puisions que du fiel ;
De cette coupe à moitié vide ,
Comment ôter la lèvre avide ,
Si nous n'y buvions que du miel ?

Contre la bonté souveraine
Cessons donc toute plainte vaine ;
N'est-ce pas un heureux destin
D'avoir au sein de la lumière ,
En place d'un peu de poussière ,
Un bonheur et des jours sans fin ?

Là, plus dignes d'être estimées,
Nous verrons les âmes aimées
De ceux que nous avons perdus ;
Et ceux qu'ici-bas chacun laisse,
Venant partager notre ivresse,
Pour toujours nous seront rendus.

LES ÉMIGRANTS

Hélas ! Que je vous plains ! Ah ! qu'il est douloureux
D'aller loin du pays qui nous donna la vie
Chercher à sa famille un ciel moins rigoureux !
Quand il quitte en pleurant le sol de la patrie,
L'homme en ce triste jour ne part pas tout entier ;
Non, il laisse son cœur aux lieux qu'il aime encore,
Au foyer où jadis s'écoula son aurore,
Où l'aïeule l'hiver auprès d'un chaud brasier
Lui prodiguait ses soins, ses trésors de tendresse,
Et l'endormait le soir dans un lit de caresse.

Vous partez cependant en retournant les yeux,

Pour voir à l'horizon se perdre dans la nue

Le modeste clocher dont la voix si connue

Chanta vos fils naissants et pleura vos aïeux !

Et qui priera pour vous sur ces tombes rustiques,

Asile vénéré de leurs froides reliques ?

Direz-vous à leurs os : « Levez-vous et venez » ?

Du berceau de vos jours, hélas ! vous n'emportez

Rien que des souvenirs aux rives étrangères,

Vos bras, un peu d'espoir, vos enfants et leurs mères.

Ah ! du moins que le ciel écarte le péril

De ces êtres aimés qui suivent votre exil !

Il faut passer les flots, où trop souvent l'orage

Et les vents ennemis vous disputent le port.

Enfin vous arrivez ; mais sur ce nouveau bord,

Au milieu de la foule et d'un autre langage,

Que vous vous trouvez seuls !..... O pauvres étrangers,

Que de déceptions, de malheurs, de dangers

Vous attendent encor dans ces bois que la hache

N'a jamais éclaircis, contre qui sans relâche

Il vous faudra lutter, et lutter sans savoir

Si la faim parmi vous ne viendra plus s'asseoir.

L'Indien, promenant le fer et l'incendie,

Brûlera les épis, espoir de vos moissons,

Et sur le sol sanglant sèmera vos maisons,

Ou la fièvre au teint hâve, affreuse maladie,

Frappera tour à tour tous ces êtres si chers
Que vous avez conduits avec vous sur les mers :
« Mieux encore eût valu », vous direz-vous peut-être,
En pensant tristement au toit qui vous vit naître,
« Les coucher dans la tombe auprès de nos aïeux,
« Nous y coucher ensuite et dormir avec eux ! »

ESPÉRANCE

Après la nuit les clartés de l'aurore
        Illuminent les cieux,
Et bientôt du soleil plus éclatants encore
        Etincellent les feux.

Le doux printemps fond le manteau de glace
        De l'hiver sur les monts,
Et par cent et cent fleurs sa couronne remplace
        La neige aux blancs flocons.

Quand l'ouragan, des ondes qu'il soulève
A battu les rochers,
Un flot plus calme à son tour sur la grève
Caresse les nochers.

Le papillon brisant la chrysalide
Qui formait son tombeau,
S'élance vers le ciel où son instinct le guide,
Dans un essor nouveau.

Mon âme aussi, secouant sa poussière
Et son lien mortel,
Avec amour ira s'abreuver de lumière
Au sein de l'Eternel.

TROIS SŒURS

I.

Oui, c'est un Dieu puissant, il assigna leur place
A tous ces globes d'or qu'il sema dans l'espace
Et qui, sans oublier leur cours harmonieux,
De leurs feux éclatants illuminent les cieux ;
De la cime des monts le cèdre au front superbe
Jusqu'au fond du vallon le plus mince brin d'herbe,
L'éléphant colossal, l'invisible ciron,
Attestent sa grandeur et proclament son nom.

Oui, je le lis partout : dans les feux de l'aurore,
Dans les splendeurs du soir que le couchant colore,
Et dans les océans sagement balancés,
Et dans ces feux soudains par la foudre tracés,
Dans les fleurs du printemps, dans les fruits de l'automne,
Dans les riches moissons que chaque été nous donne,
Dans l'utile repos apporté par l'hiver ;
Je l'entends dans les bruits mystérieux de l'air,
Dans les sombres forêts que caresse la brise,
Dans l'horrible fracas du torrent qui se brise,
Dans les sons cadencés d'un tranquille ruisseau.
De mon Dieu, tout est bon, tout est grand, tout est beau ;
Sa durée est le temps, l'espace est sa mesure,
Son œuvre est l'univers : il peuple la nature
D'un signe de son front..... Je crois en sa bonté ;
Le juste habitera l'Eternelle Cité
Après son temps d'exil sur cette froide terre,
Où le crime triomphe, où souvent la misère
Est le prix des vertus ; mais j'adore sa loi
Qui ne trompe jamais ; je m'appelle la Foi.

II.

Je suis fille du ciel, mais j'habite la terre,
Je viens verser à l'homme un baume salutaire,
Je viens du malheureux éclairer l'horizon

De l'éclat bienfaisant d'un céleste rayon ;

Souvent je fuis des grands l'orgueilleuse demeure,

Mais je me montre douce à qui souffre, à qui pleure.

Je monte sur la nef qui traverse les mers

Pour parler au nocher de ces êtres si chers

Qu'il laisse à son foyer, et lorsque la tempête

De sa puissante voix éclate sur sa tête,

Que tout offre à ses yeux l'image de la mort,

Seule, je lui souris et lui montre le port.

A tout pauvre exilé qui gémit dans l'attente,

J'annonce le retour dans la patrie absente,

Je détourne la mort que préparait sa main,

Et je l'aide à souffrir en lui disant : « Demain ! »

Voyez ce prisonnier couché dans les ténèbres

Qu'éclairent tristement quelques lueurs funèbres ;

Ses pieds, son cou, ses bras, de lourds anneaux pressés,

Pour torturer sa chair sont aux dalles fixés ;

Un sourire pourtant éclaire son visage :

Ah ! c'est qu'il entrevoit ma consolante image.....

Mais si l'homme surtout invoque mon secours,

C'est à l'heure suprême ; il m'appelle et j'accours ;

A ce dernier combat que lui livre la vie,

Je lui nomme le ciel, la divine patrie ;

A son cœur éperdu j'annonce le pardon,

Et son âme est calmée ; Espérance est mon nom.

III.

Où régnaient la discorde et les maux de la guerre,
Moi, j'apporte la paix : ô fils d'un même père,
Hommes, je vous enseigne à vous secourir tous,
Et voici ma morale : « Aimez-vous, aimez-vous ! »
Je visite les lieux qu'habite l'indigence ;
Je donne le savoir, pain de l'intelligence ;
Et pour les orphelins, jeunes déshérités,
Qu'un jour de désespoir sur la route a jetés,
J'ai des berceaux de mère, et, quand siffle la bise,
Pour les pauvres vieillards que le froid paralyse,
J'ai des habits bien chauds ; puis je donne mes pleurs
A tous les malheureux, à toutes les douleurs.
Du voyageur qui passe et qui n'a pas d'asile,
Je ne laisse jamais la prière stérile ;
Je prépare sa couche et je nourris sa faim ;
Quand pour suivre sa route il part le lendemain,
Il emporte son sac plus pesant que la veille.
Au chevet du malade, une autre fois, je veille ;
Attentive à sa voix, je donne les boissons
Qu'élabore cet art secret des guérisons,
Je recherche surtout dans leur triste repaire
Tous ces pauvres honteux qui cachent leur misère,
Pour qui dans le malheur l'aumône est un affront ;

J'épargne en les aidant la rougeur à leur front ;
Heureuse d'alléger le poids qui les accable,
Je leur laisse ignorer quelle main secourable
S'est ouverte pour eux. De la fraternité
J'apprends les saintes lois ; je suis la Charité.

XII

VENT D'AUTOMNE

Déjà, déjà l'année
De frimas couronnée
Précipite son cours ;
Le soleil qui s'incline
Derrière la colline
Emporte les beaux jours.

L'autan rempli de rage
Amène le nuage
Du bout de l'horizon,
En balayant la feuille
Des chênes qu'il effeuille
Sur l'aride gazon.

L'hirondelle attristée
Sur son aile emportée
A déjà fui le Nord,
Le corbeau la remplace
Et lourdement croasse
Son rauque cri de mort.

Le givre aux larmes blanches
Des bois revêt les branches
Sur le flanc des vallons,
Et les eaux des fontaines
Se glacent aux haleines
Des fougueux aquilons.

Mais après la froidure
La riante verdure
Brillera quelque jour;

Le soleil sur la terre
Vers un autre hémisphère
Ne fuit pas sans retour.

La fauvette éveillée
Sous l'épaisse feuillée
Redira ses chansons ;
Les limpides fontaines
En courant dans les plaines
Baigneront les gazons.

Et la brise odorante,
Joyeuse, caressante,
Frémira de nouveau,
Sous les vertes allées
De pervenches étoilées
Par le doux renouveau.

Hélas ! ô bois que j'aime,
Reviendrai-je de même
Errer sous vos abris,
Sur vos tapis de mousse,
Revoir la fleur qui pousse
Dont mon cœur est épris ?

L'homme toujours s'avance
Et vers la mort s'élance ;
De jours et de bonheur
Dieu pour nous est avare :
Aussi je me prépare
Et descends dans mon cœur.

Je recueille mon âme ;
Et, si tu me réclame,
Pour subir mon arrêt,
Alors sans te maudire,
Seigneur, je pourrai dire :
« Me voici, je suis prêt »

DÉPART DE LA MUSE

Pour tresser ta couronne,
Je n'ai plus de bluets ;
Déjà le pâle automne
A jauni des forêts
Le frais et vert feuillage,
Qui te versait l'ombrage,
Quand je t'y promenais.

Plus de tapis de mousse
Pour recevoir tes pas,
Le vent qui se courrouce
Ramène les‿frimas
Sur la sombre bruyère ;
Toi qui vis de lumière,
Tu vas me fuir, hélas !.....

Le vent du nord efface
Les roses de ton teint ;
Ta blanche main se glace,
Cache-la dans ma main ;
Reste, tu m'es si chère,
Reste, je vais te faire
Un abri dans mon sein.

Reste, ma voix t'implore,
Reste, si je te perds,
Te reverrai-je encore ?
Quatre fois dix hivers
Ont passé sur ma tête ;
Mais, non, rien ne t'arrête
Et tu reprends les vers.

DERNIER CHANT

Tout était animé, je n'entendais que chants,
Qu'harmonieux concerts, que paroles de flamme,
Quand je prêtais l'oreille autrefois dans les champs ;
Tout avait un écho pour répondre à mon âme.
Assis de longs instants sur le bord des ruisseaux,
Je comprenais les bruits de l'onde fugitive,
Murmurant en coulant à travers les roseaux,
Qui pour les écouter se penchent sur la rive.

Promenant au hasard mes pas lents et rêveurs,

A l'aube, dans les bois, je voyais sous leurs dômes

Baignés de mille feux et de mille couleurs

Et descendre et monter tant de riants fantômes !

Quand les vents déchaînés épanchent dans les cieux

Les flocons éclatants dont se forment les nues,

O mobile tableau ! mon œil capricieux

Y traçait sans effort des formes inconnues.

Et lorsque de la nuit les voiles sont épars,

Que les voûtes du Ciel ruissellent et scintillent,

Je voyais des regards répondre à mes regards,

Dans les rayons tremblants des étoiles qui brillent.

Aujourd'hui j'interroge et les eaux et les bois,

Et le ciel et la nuit, le silence et la nue,

Et j'interroge en vain : pourquoi ? — C'est qu'une voix

En moi vibrait jadis et cette voix s'est tue.

Jusqu'à l'autre printemps, ô poésie, adieu !

Mais encore ces mots : Louange, gloire à Dieu !

A M. PAUL ALLAIN

Ami, quand tu t'abreuve à la source des arts,
Quand le Louvre avec pompe étale à tes regards
Des maîtres vénérés les sublimes merveilles,
Quand les voix de la scène enchantent tes oreilles,
Ou quand, pour enrichir ton esprit et ton cœur,
Toi, tu vas recueillir, dans ta noble ferveur,
Quelques grains de savoir, qu'une docte parole
Sème, ô riche trésor, sur les bancs de l'Ecole,

Moi, je vais contempler les merveilles des bois,
Ecouter du printemps les amoureuses voix,
Aspirer les parfums épanchés du calice
Qu'ouvre dans le gazon, où l'insecte se glisse,
Chaque fleur de carmin, ou d'azur, ou de feu :
Car enfin depuis Mai notre ciel est plus bleu.

Hier encore, assis au bord d'une clairière,
Qu'un rayon émaillait de joyeuse lumière,
Je lisais quelques-uns des mots mystérieux
Que les œuvres de Dieu font passer sous nos yeux :
J'entendais, je voyais, je sentais sa présence
Dans tout ce qui naquit de sa toute puissance ;
Je pensais..... Mais un être aux gracieux contours
Splendidement vêtu de satin, de velours,
Et traversant les airs sur des ailes de gaze,
Où chatoyaient des feux de rubis, de topaze,
S'offrit dans ce rayon à mes regards ravis.
Hors de moi, je courus.... ; son vol que je suivis,
M'entraîna dans des lieux que je voudrais décrire......
Que de mots colorés il faudrait pour te dire
Le luxe d'ornements, la pompe de couleurs,
Les miracles nouveaux, les magiques splendeurs
Qui paraient les palais dont la forme imprévue
Etonnait et charmait à chaque instant ma vue !
C'étaient des urnes d'or, d'un fini précieux,

Aux galbes élégants, chapiteaux gracieux
Couronnant mollement de frêles colonnettes ;
Du centre s'élevaient de joyeuses aigrettes ;
D'autres étaient de pourpre et d'autres de lapis ;
Partout étaient tendus les plus riches tapis ;
Les eaux dans les bassins n'étaient point répandues
Mais, teintes d'arc-en-ciel, scintillaient suspendues
Aux sommets effilés des obélisques verts
Qui jaillissaient du sol en cent groupes divers.

C'était dans ces séjours que mon léger fantôme
Se glissait en volant pour y boire un arome
Plus doux que le nectar, plus doux que n'est l'encens
Qui s'élève dans l'air et pénètre nos sens.

Ami, qu'avais-je vu qui charmait ma pensée ?
. . . .
. . . .
Un insecte, des fleurs, de l'herbe, la rosée.....
Alors, sans regretter les superbes cités,
Je remerciai Dieu des trésors, des beautés
Qu'il sème sous les pas des humbles de la terre,
Du poète isolé, du penseur solitaire.

Bernay, le 9 mai 1853.

A M. EDOUARD CHARTON

Un rayon de soleil, Charton, malgré décembre,
De joyeuses lueurs diamante ma chambre,
Et ma muse frileuse, absente les hivers,
Aujourd'hui me sourit et m'apporte des vers.
J'écoute, et c'est ton nom que sa voix cadencée,
D'un ton reconnaissant, murmure à ma pensée ;
Car elle me redit ton bienveillant accueil
Au jour qu'elle frappait, en tremblant, à ton seuil.

De tes regards amis, merci, merci pour elle,
Et merci pour l'abri que lui prêta ton aile !
Pourtant elle revient vers mon pauvre réduit
Sans avoir vu le jour, sans avoir fait de bruit :
Le ciel en soit béni ! pourquoi jeter sa vie
Pour un peu de fumée en pâture à l'envie ?
Et puis, nochers d'un jour, qu'importe que des bords
Un écho fugitif répète nos accords ?
Oui, qu'importe pour nous que cent voix inconnues
Répètent un vain nom et le jettent aux nues ?
Restons dans notre paix et chantons pour chanter.
L'oiseau s'informe-t-il si l'on vient l'écouter ?
Et la fleur du sentier, qui réjouit notre âme,
Qui répand à tout vent son précieux dictame,
Qui prodigue à tout œil ses brillantes couleurs,
N'attend pas pour cela plus que les autres fleurs.

Tu m'appelle à Paris, la ville de la foule,
Rapide tourbillon, qui s'agite et qui roule
Tant d'astres couronnés de rayons lumineux :
Que serait mon étoile entre leurs mille feux !
Hélas ! bientôt perdue au milieu de l'espace,
Qui voudrait la chercher et retrouver sa trace ?
Laissons-la se mirer, le soir, au sein des eaux,
Qui baignent mollement les tranquilles coteaux.
Tu m'appelle à Paris, mer que le vent déchaîne,

Où craint de s'élancer ma timide carène.

. Non, je préfère ici mes vastes horizons,

Et les bois et les champs, les sources, les gazons,

Les suaves senteurs dans les fleurs endormies.

Trouverai-je à Paris autant de voies amies ?

Trouverai-je à Paris, au moment du malheur,

Trouverai-je des cœurs pour réchauffer mon cœur ?

Pourtant j'aurais voulu connaître ton sourire,

Former des vœux pour toi et pouvoir te les dire,

Toi, dont je ne connais et le cœur et l'esprit

Que par le *Magasin* que ta main nous écrit,

En versant et sagesse et savoir à notre âme.

Du moins, tends-moi de loin la main que je réclame,

(Ma voix avec ta voix au ciel s'élève en chœur)

Et je serai joyeux d'avoir conquis ton cœur.

Si je reste dans l'ombre, eh bien ! je m'en console ;

Dieu ne demande pas au jour de sa parole,

Quand son doigt a brisé le terrestre lien ,

Si nous avons bien dit, mais si nous fîmes bien.

Décembre 1854.

XVI

A M. LOTTIN DE LAVAL.

Ainsi tu t'en souviens : nos nids étaient voisins,
Les mêmes lieux ont vu de nos jeux enfantins
Les caprices si doux et la gaîté si franche ;
Mais bientôt, à cet âge où notre front se penche
Au penser des soucis, des luttes à venir,
Toi, d'un œil assuré mesurant l'avenir,
Pour prendre un vaste essor tu déployas tes ailes ;
Cherchant à l'Orient des conquêtes nouvelles,

Tu nous as rapporté par un art merveilleux,
De vingt siècles taris les monuments, les dieux,
Les rois, les nations. Dans tes hardis voyages,
Tu déchires le voile étendu sur les âges
Et grossis les trésors de tes doctes labeurs.
— Et moi, pauvre oiselet, je n'ai que quelques fleurs
Que je trouve dans l'herbe où j'ai mis ma demeure,
Où je cherche mon grain avec peine à toute heure.
Je n'ai pas contemplé d'immenses horizons
Comme toi ; mon regard se perd dans les gazons,
Dans les sentiers obscurs où je cache ma vie,
Heureux d'être ignoré, je brave ainsi l'envie.
Toi, du deviens illustre, et je reste petit ;
Mais tu me tends la main en revenant au nid,
J'aime à t'ouvrir la mienne. Un jour sur la colline,
Parmi les arbres verts que ta villa domine,
J'irai serrer nos nœuds et frapper à ton seuil,
J'irai t'y réclamer ton fraternel accueil,
J'irai voir tes tableaux ruisselants de lumière,
Ces fils de ton pinceau dont la riche manière,
L'harmonieux dessin enchantent le regard ;
Oui, je veux admirer les richesses de l'art
Et le chaud coloris que ta main sait répandre
En magiques effets ; j'irai surtout entendre
Tes récits imprégnés des senteurs d'Orient.....
Mais comment en retour te payer dignement ?

Je n'ai que des pensers, fruits de la solitude,
Des remèdes de l'âme arrachés à l'étude.....
Je puis te dire encor comme on trouve la paix.
En attendant, Victor, reçois tous mes souhaits.

A MA BASSE.

Voilà plus de dix ans que tu restes muette
    Pendue à mon chevet,
Des rois de l'harmonie autrefois interprète,
    Tu chantais sous l'archet.

Les sons harmonieux, de ta corde sonore
    Ne s'élanceront plus ;
Non ; je n'espère pas te réveiller encore,
    Car mes doigts sont perclus,

Après les soins du jour, à l'heure paresseuse
    Où nous sommes à nous,
Que j'aimais à verser à mon âme rêveuse
    Tes sons graves et doux !

Semblant te conformer à toutes les pensées
    Qui soulevaient mon sein,
Tu riais, tu pleurais en notes cadencées,
    Qui naissaient sous ma main.

Dans un groupe d'amis, dans des concerts intimes,
    O rapides moments !
J'aimais à bégayer les œuvres si sublimes
    Des maîtres allemands,

Le profond Beethoven, énergique et si grave,
    Puissant, harmonieux,
Et le tendre Mozart, si doux et si suave,
    Haydn si religieux.

A l'éclatante voix du violon qui vibre,
J'aimais à marier, en ébranlant ta fibre
    Que parcouraient mes doigts,

J'aimais à marier le son fort ou sévère,
Le chant rapide ou lent, ou le murmure austère
   De ta puissante voix.

Dans ces concerts d'amis , les sentiments des autres ,
Leur pensée et leur voix semblent être les nôtres
   Que nous nous renvoyons ;

Heureuse causerie , épanchements de l'âme !
Que notre cœur joyeux , que notre esprit s'enflamme
   A ce doux choc des sons !

Quelquefois dans mes nuits , où veille l'insomnie,
Avec un bruit strident une cheville crie :
   C'est l'ut qui se détend ;

Quelquefois c'est le cri d'une corde qui casse :
Ainsi tu semble encor me parler , ô ma basse ,
   Va, mon esprit t'entend.

Des organes des sens tes cordes sont l'emblème ;
Chacun d'eux ou se brise ou se détend de même :
   C'est un céleste avis.

Je suis plus d'à moitié du chemin de ma vie ;
Préparons-nous au terme où ta voix me convie,
    Si mes jours sont finis.

Puissé-je seulement, quand enfin ma paupière,
Sans la perdre jamais, reverra la lumière
    Au-delà du tombeau,

Mêler ma voix aux voix des divines phalanges,
Et glorifier Dieu dans de saintes louanges,
    Dans un concert nouveau !

LA CLOCHE

L'ENFANT

Ce matin j'entendais la cloche avant l'aurore ;
Hier il était nuit, je l'entendais encore :
Mère, dis-moi pourquoi son murmure argentin
Traverse mon sommeil si tard et si matin ?

LA MÈRE

La cloche, tendre enfant, dans les airs balancée,
Dit à tous les mortels : La première pensée
Qui vous vient au réveil, et votre dernier vœu
Quand arrive la nuit, appartiennent à Dieu.

L'ENFANT

Mère, il me semble aussi que sa voix éclatante,
Par groupes inégaux, souvent jaillit et chante ;
Les cités et les champs vibrent sous ses accords :
Aux hommes attentifs qu'annonce-t-elle alors ?

LA MÈRE

C'est qu'on porte au parvis l'enfant qui vient de naître,
Pour recevoir le sceau qui le fait reconnaître,
Ou qu'auprès des autels deux cœurs purs vont s'unir :
Il faut prier le Père, enfant, de les bénir.

L'ENFANT

Il semble aussi qu'au lieu de rapide volée,
Cette cloche n'a plus qu'une voix désolée
Et lente, entrecoupée ainsi qu'un bruit de flots
Avant une tempête ; ah ! pourquoi ces sanglots ?

LA MÈRE

Sur un lit de douleur, enfant, une âme en peine
Lutte contre la mort, qui vient briser la chaîne
Qui l'attache à la vie. Invoquons l'Eternel
De lui prêter enfin un secours paternel !

L'ENFANT

Ainsi tout est mêlé de joie et de misère ;
Ainsi les chants si gais du matin, ô ma mère,
Avant la fin du jour en pleurs se sont changés :
Prions pour les heureux et pour les affligés !

LA MÈRE

Notre âme tour à tour attristée et ravie
Ressemble à cette cloche : aux portes de la vie,
Apprends que sous nos pas si nous trouvons des fleurs,
Nous devons tous gravir des sentiers de douleurs.

L'hirondelle, au printemps, dont j'aime la venue,
A brodé ses détours sur l'argent de la nue ;
Les bois se sont remplis d'enivrantes senteurs ;
Les prés ont étalé leurs parures de fleurs ;
Pour fêter ce retour, ma belle Normandie
S'est richement vêtue et toute reverdie ;
Les pavots purpurins et les tendres bluets
L'été se sont mêlés aux épis des guérets :

Et ce luxe s'est fait sans moi. Bientôt l'automne
Ornera de fruits d'or sa brillante couronne,
Et toujours enchaîné par le mal à mon seuil,
Et le jour et la nuit je mènerai mon deuil.
La muse seulement vient pour moi hâter l'heure
Si lente, en visitant quelquefois ma demeure.
J'entends sa douce voix..... C'est pour vous que je veux
Lui demander des vers et vous dire les vœux
De mon cœur attendri par la reconnaissance :

« Quels vœux former, dis-tu ? Celui dont la science
« Est le plus grand honneur, le plus riche trésor,
« Tient-il aux dignités, aux promesses de l'or ?
« Non : écoute plutôt ce que je lis sans voile
« (La muse est un prophète) au front de son étoile :
« Son cœur noble ne veut que d'utiles travaux
« Et son regard a vu des horizons nouveaux.
« Il agrandit pour vous l'œuvre de la nature :
« Etudiant les mœurs de toute créature,
« Il enrichit vos champs de conquêtes sans prix,
« Animaux, végétaux que son génie a pris
« A tous les points du globe. Utile à sa patrie,
« De trésors ignorés il dote l'industrie ;
« A ses savants efforts, à ses soins généreux,
« Le pauvre un jour devra d'être moins malheureux,
« En ayant l'abondance à sa table inconnue

« Et de plus chauds habits pour son épaule nue.

« Oh ! que j'entends de voix qui bénissent le nom

« Du Parmentier nouveau, du nouveau Daubenton !

« Et puis écoute encore ce que le sort prospère

« A promis au bonheur de l'écrivain, du père :

« Par les fils de ses fils, avec honneur porté,

« Son nom grandit toujours pour la postérité,

« Son nom qu'il a reçu déjà ceint de la gloire

« Du savant dont le monde admire la mémoire. »

Voilà ce que la muse a révélé sur vous.

Croyez que pour mon cœur vous le redire est doux.

A HYACINTHE, A DÉSIRÉE

1er Janvier 1857.

Dois-je te saluer? ô toi, nouvelle année,
Dois-je manger encor mon pain dans la douleur?
Et ne m'apportes-tu, comme ta sœur aînée,
    Que les dons du malheur?

Trois fois quatre longs mois, sans jamais lâcher prise,
Et sans laisser d'espoir d'une trêve à mes maux,
L'affreuse maladie à mon chevet assise
    A desséché mes os.

Sans cesse le Seigneur a rejeté ma plainte ;
Les pleurs que j'ai versés n'ont pas touché le ciel ;
Dans ma coupe fatale où déborde l'absinthe
    Viens-tu verser le miel ?

Malgré les tristes jours qu'il faut traîner encore,
Le mal m'a retranché du livre des vivants ;
Assis sur le chemin, pauvre perclus, j'implore
    Un regard des passants.

Je me plains..... ah ! pardon ! Tu me restes fidèle,
Malgré mon infortune, ô sublime amitié,
Tu m'entoures encor, avec un tendre zèle,
    De soins et de pitié !

A M. A. DE LAMARTINE

Le soleil est entré dans ses douze demeures ;
J'ai compté lentement, hélas ! toutes ces heures,
Rivé par la douleur sur un triste fauteuil,
Et pour moi l'horizon se termine à mon seuil.
Oh ! que j'aimais pourtant à promener ma vue
Sur les grands horizons argentés par la nue !
Oh ! que j'aimais les fleurs d'azur, de pourpre et d'or,
Ces pompes du printemps, promesses du trésor

Que Dieu verse à l'été, que Dieu verse à l'automne !

Qu'aujourd'hui tout est froid et le temps monotone !

Autrefois dans les prés, dans les champs, dans les bois,

Mon oreille attentive à de secrètes voix

Comprenait l'hosanna chanté par la nature,

Cet hymne au créateur de toute créature :

La brise qui passait au travers des roseaux,

Sur les cailloux moussus les murmurantes eaux,

Les sonores épis frissonnant dans les gerbes,

Et l'insecte agitant l'émeraude des herbes,

Des oiseaux dans les nids les amoureux soupirs,

La feuillée balancée au souffle des zéphirs.

C'est alors que couché sous de sombres feuillages,

J'aimais à dérouler, ô poète, tes pages ;

A ces bruits du dehors je mêlais les concerts

Que chantaient dans mon cœur et ta prose et tes vers.

Tout jeune je t'aimais ; sur les bancs de l'école,

Je savourais déjà le miel de ta parole.

Puis tu fus un tribun et je t'aimai toujours,

Et je battis des mains, Lamartine, en ces jours

Où tu faisais rentrer dans son brûlant cratère,

D'un signe de ta voix, la lave populaire.

Que de gloire !... et des nains ont voulu la ternir !

Que t'importe ! il te reste et le juste avenir,

Ta conscience et Dieu ; puis n'as-tu pas les vers

Où ton esprit divin reflète l'univers,

Pour mettre sur ta plaie ? Ah ! je les lis encore :
Lorsqu'en mes jours de deuil je ne vois plus l'aurore
Franger de feux pourprés la cime des forêts,
Lorsque je ne vois plus ondoyer les guérets,
Sous les tièdes rayons du soleil qui se penche,
Quand mon œil cherche en vain l'azur de la pervenche,
La campagne et les eaux, tes vers harmonieux
Me rendent la nature et me rouvrent les cieux ;
Je crois sentir encore la brise parfumée
Et revoir un instant la solitude aimée,
Où, le front incliné, j'allais rêver, hélas !
Avant que la douleur eût enchaîné mes pas.
Quand j'écoute longtemps cette voix de ton âme,
Je sens aussi mon cœur s'allumer à ta flamme,
J'entends aussi des voix qui bercent mes douleurs,
Hâtent l'heure trop lente, et tarissent les pleurs
Qui voilent mon regard et brûlent ma paupière ;
Au milieu de ma nuit c'est un peu de lumière.
Ecoute donc un chant, un chant que je te dois,
Faible écho réveillé par ta puissante voix :

ASPIRATION

Viens, ô mon âme, viens, laisse cette argile,
Ce corps qui ne veut plus, comme autrefois docile,
　　　Obéir à ta voix ;

Viens, de l'air azuré, viens traverser la plaine,
Des zéphirs embaumés viens respirer l'haleine,
    A l'ombre des grands bois.

Quitte cette prison ; le matin vient d'éclore,
Mon âme, baigne-toi dans les feux de l'aurore,
    A l'horizon vermeil.

Descendons, remontons, au travers de l'espace,
Ces sentiers lumineux que colore et que trace
    Un rayon de soleil.

Le corps pesait sur toi ; reprends, reprends tes ailes
Et brise tes liens : des voûtes éternelles
    Jusques au fond des eaux

Vole, c'est ton domaine, et le ciel et la terre
Et l'immense océan n'auront plus de mystère
    Pour tes regards nouveaux.

Monte, monte toujours ; dans ton essor sublime,
Berce-toi mollement au front de quelque cime,
    Sur les nuages blancs ;

Qu'à travers l'infini le feu de la tempête,
Plus vite qu'un coursier qu'aucun effort n'arrête,
T'emporte sur ses flancs.

Fouillons le globe ; ouvrons les régions profondes
Où des fleuves sans nom, aux bouillantes ondes,
Dérobent leurs courants ;

Entrons dans la fournaise où sont encore esclaves
La roche en fusion, les métaux et les laves,
Que lancent les volcans.

Viens au sommet de l'arbre où des œufs vont éclore,
Pénétrons les secrets que la vie élabore
Dans ce nid de velours ;

Ou cachons-nous au fond de la riche corolle,
Qui couronne les fleurs d'une vive auréole,
Et voyons leurs amours.

Couchons-nous dans le pli que forme à la surface
Des lacs si transparents, le léger vent qui passe
Sous la voûte des cieux.

Enivrés des senteurs qu'exhale le feuillage,
Ecoutons en repos ce que dit le rivage
  En sons harmonieux.

Plonge dans l'océan et sous l'onde azurée
Voyons comment se font et la perle nacrée
  Et les écailles d'or,

Les coquilles de pourpre et d'argent, riche armure
Que pour l'hôte des eaux la prodigue nature
  Tire de son trésor.

Quand sur l'azur du jour jetant de sombres voiles
Les cieux ont tour à tour allumé les étoiles,
  Que de mondes à voir !

A travers ces sentiers d'éclatante poussière,
Mon âme, élançons-nous, de lumière en lumière,
  Dans les ombres du soir.

Aux rayons des vitraux d'or, d'azur et d'opale,
O mon âme, deviens le saint parfum qu'exhale
  L'encensoir vers les cieux ;

Des mortels prosternés deviens la voix touchante,
L'élan de leur cœur, deviens l'hymne que chante
            L'orgue religieux.

Ou bien sois sur le front de la vierge modeste
Le suave reflet de son âme céleste,
            Que rien ne vient ternir ;

Sois le regard heureux de la mère qui berce
Sur son cœur attendri l'enfant qui se renverse,
            Fière de l'avenir.

O vous, qui nous aimiez, âmes longtemps perdues,
Nous allons nous revoir, vous nous serez rendues,
            Sans craindre un autre adieu ;

Hâte-toi de rentrer dans l'éternelle flamme
De l'éternel amour, viens rayonner, mon âme,
            Au vaste sein de Dieu.

Cette pièce fut adressée à M. de Lamartine avec la lettre qui suit :

« Monsieur,

« Depuis un an, des douleurs rhumatismales ne me
« permettent que d'aller de mon lit à mon fauteuil ; durant
« ces longues heures de souffrances, après Dieu et l'amitié,
« les lettres ont été pour moi mes plus fidèles consolatrices :
« je prie, je pleure et j'écoute la muse. J'abuse sans doute
« de vos moments si précieux en mettant sous votre regard
« ces vers, fruit de ma solitude ; mais vous pardonnerez,
« n'est-ce pas ? Monsieur, à un pauvre malade, qui voulait
« vous remercier du bien que lui font les vôtres, et vous
« prier d'agréer l'hommage de son admiration la plus vive
« et de son plus profond respect.

                                        « RATEL.
                                « *Régent de rhétorique* »
Bernay, janvier 1857.

En réponse à cet envoi, M. de Lamartine fit parvenir à M. Ratel la lettre suivante :

« Monsieur,

« Sans une absence de Paris qui s'est prolongée jusqu'en
« janvier, je vous aurais dit déjà le plaisir que vos vers
« m'ont donné. L'inspiration en est trop sentie et l'intention
« trop bienveillante pour que je ne vous prie pas de recevoir
« mes remerciements affectueux.

                                        « LAMARTINE ».
Février 1857.

PARCE, DOMINE

1857

Comptant l'heure après l'heure,
Par l'angoisse abattu,
Quand jour et nuit je pleure,
Ah ! Seigneur, m'entends-tu ?

M'entends-tu sur ma couche
Où le mal m'a cloué ?
M'entends-tu, quand ma bouche
Répète : « Sois loué ! » ?

Que ta bonté m'accorde
Une trève à mes maux ;
Que ta miséricorde
Me lave dans ses eaux ;

Qu'elle me sanctifie
En me faisant souffrir ;
Que j'aie après ma vie
Un cœur pur à t'offrir !

Au mal, comme une proie,
Ah ! j'ai livré ce cœur ;
Ah ! j'ai laissé ta voie ;
Ah ! j'ai péché, Seigneur !

Pardonne à ma misère :
Le vice m'a tenté ;
Mais permets que j'espère,
Seigneur, en ta bonté !

Que ta main me soulage :
Je fléchis sous le faix ;
Relève mon courage,
Et donne-moi ta paix !

TABLE

www.ingramcontent.com/pod-product-compliance
Lightning Source LLC
Chambersburg PA
CBHW061454030726
47503CB00005B/1710